S P R I N G

每一本好書都是一顆種子，
春天播種在你的心田夢土上。

Spring

S P R I N G

每一本好書都是一顆種子，
春天播種在你的心田夢土上。

Spring

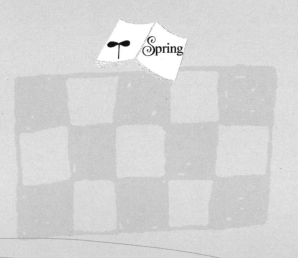

地獄系列
第十部
10
地獄
法則

自序

現在的時序是二〇一二年，年初。

我終於寫完地獄十了，這次寫得真的很快，快到我真的有感覺到自己在「地獄」裡頭（？）。

的確，很久沒有寫這麼快了，對於一個寫作者來說，寫快有寫快的辛苦，卻也有寫快的好處。所謂的辛苦是必須在短時間內將腦袋的東西轉成文字，轉到後來難免當機。好處則是第一章和最後一章時間距離變短，不會寫到後來已經牛頭不對馬嘴，節奏有時候反而變得更加明快。

對這把年紀的我來說，已經很久沒有寫這麼快了，能夠如期把稿子產出，也算是證明自己這把老刀，揮起來還是有點速度的。（老刀不死，只是逐漸變慢……）

在這裡，需要和辛苦的編輯說聲感謝，寫得快，錯誤難免變多，也請編輯多擔待。

另外完成地獄十，我還要很認真的感謝老婆和小鬼，為了完成這艱鉅的任務，我借了不少週末的家庭時間來寫作，感謝老婆自己也身在出版社，所以總能體諒作者被交期追殺的恐怖，也能體諒寫了一天的故事之後，我會變成一隻思考遲緩的大熊。

說完了感謝，繼續人生進程的報告，今年……其實能報告的進度不多，畢竟上次報告進度是三個多月前啊，小鬼多長了幾個月，進入語言爆炸的時代，現在整個屋子都是小鬼的聲音，有時候她不在，還真的有點寂寞。

過去二〇一一年，雖然時常很忙，雖然常覺得時間不足，雖然不小心還是留下很多小遺憾，但我還是很喜歡現在的生活。

期望二〇一二年，也是充實愉快的一年。

也希望各位讀者和我一樣，期待未來的一年。

Div

前情提要

解封伊希斯的最後一個聖器「聖甲蟲」，在少年H賭上性命的護送下，終於送達台北火車站。

最後一秒，聖甲蟲喚醒了沉睡中的伊希斯，同時也打開了地獄遊戲的全新時代，一個名為「女神」的時代。

當女神一出場，立刻展現驚世駭俗的力量，她一手滅亡百戰不死的獵鬼小組，另一手摧毀了遊戲最強怪物立法委員，甚至擊敗和她同樣級數的大神，濕婆。

濕婆敗得奇怪，也敗得合理，因為追求以破壞之火焚燒世界的祂，為了一生最大缺憾「象神」而未盡全力，終究以一招之差，敗給了女神，但也耗掉了女神七成功力，留下最後一絲希望。

擊敗女神的最後一絲希望。

緊握這最後一絲希望，少年H率領戰敗的獵鬼小組與神秘的天使團結盟，醞釀最後反擊。

但在牌桌上，還有一張更大的王牌，正緩緩被掀開。

這張牌，是現今地獄政府最高權力者，他的名字讓黑榜群妖喪膽，令神魔卻步，他，就是源自於基督神系的「蒼蠅王」。

踏著威震八方、孤注一擲的步伐，蒼蠅王走入了台北火車站大廳，更在數十台攝影機連線下，在上百萬雙玩家眼睛中，他要單挑女神。

女神若勝，從此地獄遊戲的天秤將完全崩潰，史上最強、最巨大的團隊就要成形。

若是戰局相反，蒼蠅王將逆轉聽牌，地獄政府將強勢統治地獄遊戲，整個地獄遊戲將是政府的囊中之物。

女神與蒼蠅王，埃及古神與地獄政府，到底誰會獲勝？

而另一頭，一個被喻為「最難被滿足的條件之道具」在林口誕生了，引來各方好手齊聚霧都林口，只為搶奪這神秘道具。到底這道具有何神效？又會對現今局勢造成何種影響？

請看，地獄系列第十部，地獄法則。

地獄法則

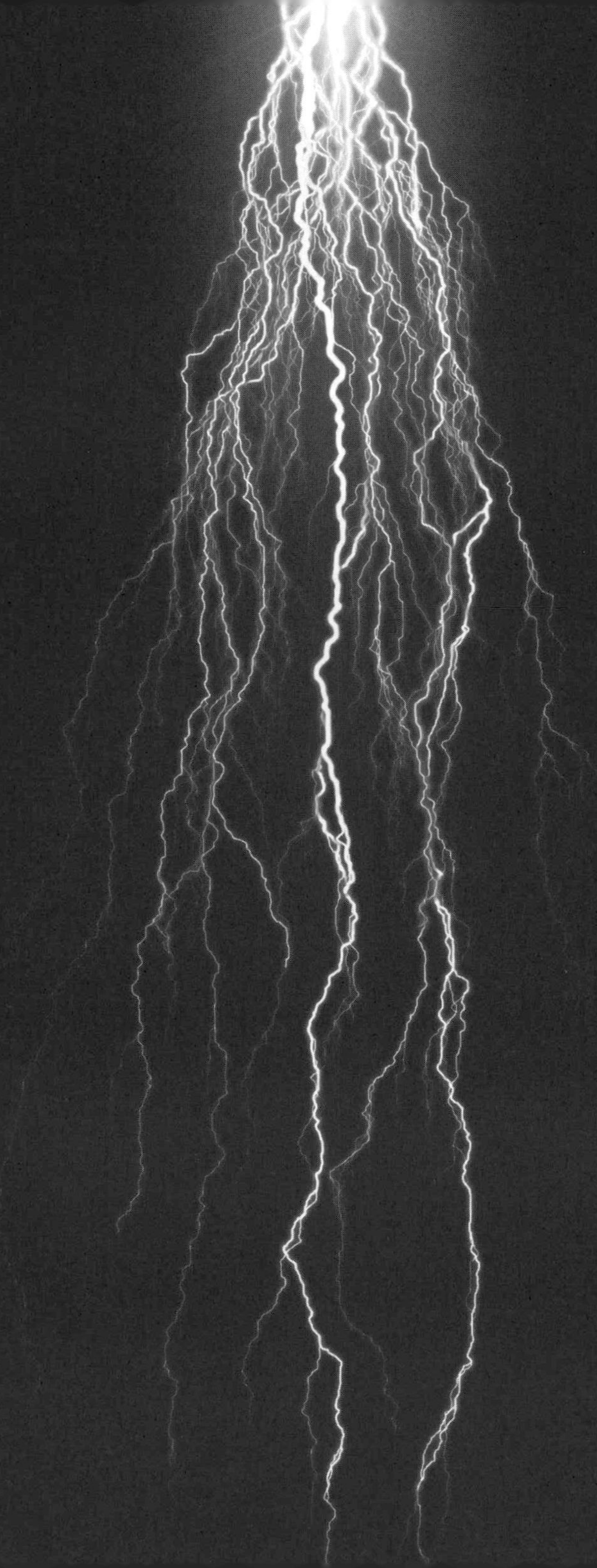

楔子

台北，火車站大廳。

男人安靜的走著。

雙腳踩在明亮潔白的地板上，一步一步，沉穩安定的走著。

他，走過第一條粉筆畫成的白線，寫著一百公尺。

第二條粉筆畫成的白線，寫著五十公尺。

第三條粉筆畫成的白線，寫著二十五公尺。

第四條白線，寫著十公尺。

最後，在一公尺的線上，站定。

嚴肅的臉上浮現一抹微笑。

「我來了。」男人這樣說，「妳等我很久了吧？」

「還好，不過一千年而已。」在他對面，坐著一個綁著馬尾、年紀約莫十幾歲上下，清純中帶著一絲豔麗，好迷人的女孩。

「這千年來，我們各自隱身在後，操縱戰局。」他說，「如今，我們終於面對面了。」

「說起面對面，嘻，我記得這不是我們第一次見面了吧？」女孩回了一個天真的微笑。

「上一次，」男人閉上眼，彷彿想起某個重要的回憶，「那時還有象神，還有那個女孩……」

「當時我早知道，你和象神都會成為大器。」女孩將書放下，優雅起身。

她站起來了！

要知道，這晚她曾經面對成千上萬的對手，這些人有的等級極高、有的擅長詭計，有的更是組織出大規模的圍攻，但都沒有讓她從椅子上離開過。

如今，她卻為了這個男人自動起身。

可見她對此人的重視。

「我，不會讓妳失望的。」男人笑，嚴肅莊嚴的五官，此刻獰出充滿殺氣的臉龐。「因為，我絕對會擊敗只剩下三成的妳！女神！」

女神，這女孩是如今威震地獄遊戲，最強的玩家「女神」！

「嘻，我知道你不會讓我失望，但恐怕讓你失望的人，是我。」女神甜笑，「蒼蠅王。」

蒼蠅王，這男人是當局地獄政府的首席，深謀遠慮，至今尚未展現實力的強者。

而女神說完，手一拍，一本黑色古舊書皮的大書，陡然出現。

死者之書。

一路上始終保持不敗，曾敗濕婆、敗項羽、敗獵鬼小組，擁有幾乎等同真理之力的死者之書，現身了。

「是嗎？如何讓我失望？」男人冷笑。

「因為每個想要挑戰我的人，不是逃了，就是死了。」女神手拿著死者之書，眼看就要打開。「我想，連你都不例外啊，蒼蠅王。」

「哈哈哈，那就讓我們看看是誰逃吧？」蒼蠅王笑了，「讓我們一起把桌面上的牌打開，看誰能拿到這場牌局的最後勝利吧！」

女神，古埃及最尊貴的女神。

蒼蠅王，地獄政府的最高掌權者。

今晚，這場延續了近千年的牌局，誰會獲得勝利？

而最後，又究竟是誰能拿到地獄遊戲破關的門票？成為神魔人三界最後王者？

第一章　林口

霧都，林口。

九指丐遵守與薔薇團的諾言，將四朵染血的風信子埋入土裡，準備讓它入土為安，只是一安葬，卻引來地獄遊戲不得了的反應，天地震動，一股浩瀚雲氣從天而降，直指剛埋下風信子的地方。

接著，一朵小花拔地而起。

「好奇特的花啊。」九指丐雙眼放出閃閃光芒，滿臉詫異。「花蕊處竟然是……黑色的？」

黝黑無光的黑蕊花，看似嬌弱，卻隱含著撼動地獄遊戲的驚人氣勢。

以九指丐狡猾且敏銳的天性，立刻知道這花絕非凡物，更知道擁有這花後的危險，急忙將花連土一同挖起，放入花盆中，離開了這裡。

離開的路上，九指丐還順路繞進一家「道具專賣店」中，添購了大量足以應戰的道具之後，才抱著花盆從道具店中離開。只是他前腳才踏出道具專賣店，眼前，就出現了第一個攔截者。

一個上身僅穿著背心，雙手戴著拳套，全身佈滿肌肉球的男人。

「我的名字叫做傑森，」肌肉男露出雪白的牙，說話時，身體的肌肉竟會隨之鼓動，「把你手上的東西交出來吧。」

「傑森？」九指丐歪著頭，「你是哪號人物？竟敢命令我？」

「我是哪號人物不重要，重點是我老大的名字……」傑森慢慢的往前，身體的肌肉也開始脹大。

「你老大的名字？」

「太陽之劍，亞瑟王。」

「亞瑟王？」這一秒鐘，九指丐微愣，這可是混過地獄黑榜的人，都知道的一個名字。

他曾是地獄白榜懸賞金額有史以來最高第一名，一個曾為獵鬼小組隊長的傳奇人物，當他在任獵鬼小組時，更讓整個世界的妖魔犯罪率降到逼近零，這數字至今無人能破。

之所以能寫下這樣驚人的紀錄，不只是因為亞瑟王擁有強大的戰鬥團隊，更重要的，是他手上的劍。

太陽劍。

宛如太陽般耀眼的正義之劍，無論斬殺哪隻黑榜妖怪，都沒用過第三劍。

有人說，這把太陽劍，甚至足以凌駕項羽的昆吾刀，只是亞瑟王不戀棧權位，他急流勇退並隱居山林，讓兩大強者始終沒機會碰頭。

這柄白榜的劍，與這把黑榜的刀，究竟孰強孰弱的謎團，就這樣成為地獄居民們茶餘飯後的話題之一。

不過，九指丐的情報網曾經告訴他，亞瑟王並非完全退隱，因為當年的「地獄列車事件」裡面，就有亞瑟王的足跡。

地獄列車，這個專門承載陽世與地獄魂魄的交通工具，每個車廂與零件都被封上最強的禁咒，以避免亡靈逃脫造成重大傷亡。

但這台列車的某個車廂，卻在地獄列車事件後，被整個破壞，裡面的人更是不知所蹤。究竟是誰能破壞一整節的地獄列車？他們又離開到何處？無人能夠給出正確答案，但從破壞的痕跡中，有人卻找到了蛛絲馬跡。

車廂，是被接近神的力量所破壞的，這力量不只強，竟然還有兩股。

其中一股，光明而鋒利，宛如陽光，讓所有人聯想到掌握太陽之劍的亞瑟王。

另外一股呢？黑暗而渾濁，宛如深夜，卻讓人不寒而慄的感受到是否為吸血鬼伯爵，德古拉的足跡。

就是這兩大傳說同時出手，雙方旗鼓相當，更讓那晚的地獄列車事件，平添了許多令人熱血沸騰的想像。

而眼前這個說話連肌肉都會跳動的男人，就是當時兩大力量之一，亞瑟王的手下，傑森？

「你怕了吧？怕了就乖乖把那盆花交出來，我就不為難你。」傑森戴著拳擊手套的手，伸到了九指丐的面前約莫五公分處。「不然……」

「不然怎樣？」九指丐嘻嘻笑著，看著這個壓迫自己視線的拳擊手套。

「別怪我手下不留情啊。」傑森往前踏了一步，身上的肌肉球再度鼓動起來。「我的拳頭，可是能一拳擊潰頭蓋骨的。」

「咯咯，」九指丐用指頭挖了挖鼻孔，「我以為手下不留情的人，會是我哩。」

「找死！」傑森喉頭發出一聲怒吼，右拳微微往後一縮，然後猛然往前揮出。

拳心，銳利如一弧冷月勾刃，直搗向九指丐的腦門。

「拳擊？這是你進入地獄遊戲之前的絕技吧？」九指丐露出笑容，「你們似乎都搞錯了，地獄遊戲裡面，其實存在著足以逆轉所有神魔絕技的寶貝，那些寶貝……就叫做道具！」

道具。

傑森的拳頭，眼看就要擊中九指丐，但卻在一瞬間，停住了。

因為他看見了一幕不可思議的畫面。

畫面中，哪有骯髒窮酸的九指丐影子？而是一大片不知道打哪來的金色海浪，海浪中不斷滾動跳躍的是閃亮的錢幣。

「這是什麼啊？」傑森睜大眼睛，順著海浪的高度，他的頭越抬越高，越來越高，表情也越來越難看。「金錢組成的海浪？」

「教你一個乖，這叫做……金融海嘯！」

瞬間，這堵高達數十層樓高的海浪崩塌，傑森毫無抵抗之力的，被這股金色海浪淹沒，而淹沒的同時，所有的金幣都突然轉黑，變成了一團惡臭烏黑的泥巴之海。

「為什麼錢幣變成了臭泥巴？」傑森深陷在泥巴中，耳鼻都已經被淹沒，忍不住大叫。

「因為所有的錢都是假的啊。」九指丐從這泥巴海中躍起，手上高舉著他的武器，打狗棒。「只要透過一些專業報表和保險人員的話術，就可以把假錢變真錢，這就是傳自美國華爾街的詭騙之術，金融海嘯啊！」

「呃，詭騙之術？」傑森空有一身武力，卻完全動彈不得，只能眼睜睜的看著打狗棒離自己的腦門越來越近，越來越近……「我被套牢了。」

「是啊，你的悟性很高欸，竟然懂得專業術語，是的，你是被套牢啦。」

說完，打狗棒落下。

一聲沉重悶響，短暫的劃過林口的天空。

地點與剛才相同，而時間已經過了五分鐘。

「這裡有靈力殘存，剛剛顯然有一場激戰。」

這裡，就是方才九指丐與傑森作戰之處，不過此刻兩人都已經不在，只剩下一女一男。

這女子留著短黑髮，單手扠腰，身材窈窕，臉蛋姣好豔麗，重點是她的眼睛，宛如貓咪般慵懶與迷離，讓人一見到就忍不住骨頭酥軟。

在地獄裡面，還有誰能擁有這樣令人著迷的外表？

當然是她。

從地獄列車事件開始到現在，經過無數血戰，號稱地獄第一女殺手的，貓女。

而貓女旁邊的男孩呢？

他外表的年紀和少年H相仿，擁有同樣睿智的眼神，只是和少年H不同的是，這男孩的髮色是帶著些許透明的金色，眼珠湛藍，一看就知道是源自拉丁血統的白種人。

只見男孩熟練的操作著手上的平板電腦，透過網路和衛星偵測著周圍的環境。

「怎麼樣？」貓女甜笑，儀態慵懶。「追蹤到那被你們命名為『奇異點』的神秘道具了嗎？比爾。」

比爾？他是比爾？天使團中僅次於老爹的第二把交椅，能自由操縱「超級電腦」，監控地獄遊戲中所有程式的超級天才？

「沒有。」比爾搖頭。

「沒有？喵。」貓女笑了一下，「我以為你的超級電腦無所不能哩。」

「這『奇異點』剛出現的時候，引起了整個地獄遊戲的界面擾動，所以被我這台超級電腦捕捉到，但現在卻又完全消失了，所以才被我們命名為『奇異點』。」比爾沉吟，皺眉思考的他，外表雖然年輕，卻散發一股深沉成熟的魅力。「奇怪，就算是神魔等級的玩家，也會留下程式資料，但這道具卻完全追蹤不到？除非……」

「除非？」

「這奇異點，根本不屬於這空間與時間！」比爾露出古怪笑容。「它根本不在這遊戲裡面！」

「根本不在這遊戲裡面？」貓女啞然失笑，「既然它出現在地獄遊戲裡面，怎麼可能又不在遊戲裡面？」

「我知道這很不合邏輯，但為什麼會如此，我也還沒有想通。」比爾一笑，手指滑動著電腦螢幕，螢幕上的平面地圖也隨之滑動，「我們雖然追蹤不到這神秘的奇異點，但我們至少能追蹤可能拿到奇異點的人。」

「可能拿到道具的人？」

「目前有可能拿到這奇異點的人，共有兩個。」

「兩個？」

「是，」比爾微笑，「一個以『九指丐』的名字註冊的玩家，他與神秘的奇異點曾經出現在同一個位置，而另一個，則是曾經與他進行激戰，註冊名字為『傑森』的玩家。」

「喔，九指丐和傑森？」貓女歪著頭看著這名金髮男孩，聽著他冷靜分析、闡述事理，忽然間，她竟然產生一絲奇妙的熟悉感。

這比爾講話的態度和方式，怎麼和「那個他」好像啊！

「這次的任務，老爹將我們分成四組，除了我們兩個外，其他三組分別是二十三號與狼人T、小桃和吸血鬼女、娜娜與少年H。」比爾的手指頭快速在電腦上移動，「我會發訊息通知他們，並且請他們依照距離的遠近，去追擊這兩組人馬。」

「嗯。」貓女再次確認了這份熟悉感，這個叫做比爾的男孩，無論是腦中強大的邏輯，以及遇到問題時快速反應的能力，甚至是口氣中那種讓人安心的輕鬆，都讓貓女倍感熟悉，是的，就是令貓女感到溫馨的熟悉。

「我們得快，因為女神團的四十萬玩家正不斷湧入這座城市，裡面更不乏厲害角色。」比爾笑容中帶著些許興奮，「這奇異點的出現，肯定是地獄遊戲有史以來，最大規模的寶物追逐戰。」

「嗯。」貓女歪著頭，看著比爾，笑了。

「呵，幹嘛一直看我？」比爾回看貓女。

「你啊，怎麼好像一個人啊？」

「啊？我像誰？」

「一個……討厭鬼。」貓女甜甜一笑。

「討厭鬼？」比爾看著貓女講這三個字時，那種甜膩溫暖的表情，他忽然感到內心一陣悸動。

剛剛那一瞬間的貓女，好燦爛、好迷人。

甚至比他遇過每一個複雜精密的程式，都還要讓人著迷，這是怎麼回事呢？

當比爾的拇指按下傳送鍵，在林口不同的三個位置，同時發出「嗶嗶」兩聲。

第一個發出嗶嗶聲的，是位在林口長庚醫院對面的一家星巴克咖啡，這裡有兩個女人正品嘗著咖啡。

其中一個金髮碧眼，身材高挑宛如模特兒，是外表亮麗的外國女子。

外國女子伸出纖細的手，從一杯不加糖的雙倍濃縮義式咖啡旁，拿起放在桌上的手機。

「簡訊來了。」外國女子一笑，「看樣子，比爾已經追蹤到『奇異點』了。」

「是啊，而且可疑的人物共有兩個。」在外國女子對面，是一個留著大波浪髮型的女子，這女子沒有外國女子這樣惹人注目的驚世豔麗，取而代之的，是更有親切感、更溫和的一種鄰家女孩的美麗。

而這鄰家女孩的桌上，是一杯溫熱的抹茶拿鐵。

「按照距離來說，我們剛好在其中一個可疑人物『九指丐』的附近。」外國女子單手托腮，「所以，我們該出動囉。」

「九指丐？」鄰家女孩臉上閃過一絲詫異。「他就是其中一個可疑玩家？吸血鬼女。」

吸血鬼女？這女人就是獵鬼小組三號，以戰略著稱，讓黑榜妖怪又愛又恨的超級高手，吸血鬼女。

「雙翼天使，小桃。」吸血鬼女轉頭，注視在她旁邊這個鄰家女孩。「妳認得他？」

小桃？這個留著大波浪頭髮、宛如鄰家女孩般氣質的女孩，就是史上最強團隊中的雙翼天使？

「見過一面。」小桃露出古怪的笑容。「只有一面而已。」

她的確和九指丐見過一面，當時是薔薇團覆沒的最後時期，小桃偷溜出天使團，是為了探求當時最神秘的高手「夜王」的秘密。

那時候，她曾與九指丐交手，更在小桃心中，留下了深刻的印象。

「所以你們有私人情感？等會打起來，妳不會手下留情吧？」吸血鬼女那雙碧綠色的眼睛，盯著小桃。

「我才不會對那種髒兮兮的傢伙有私人感情哩，如果是夜王，我還會考慮一下，嘻。」小桃一笑，「不過，直覺告訴我，九指丐雖然邋遢，卻是一個深藏不露的厲害角色喔。」

「厲害角色？」吸血鬼女頓了一下，嘴角揚起一個挑釁的笑容。「所以妳怕了嗎？人類。」

「我們人類膽子可是很大的，怕這個字，常常忘了怎麼寫哩。」小桃又笑，「對吧，吸血鬼族。」

人類與吸血鬼族，一個身在光明、一個久居黑暗，這兩個種族，要合作了嗎？

下一刻，這家星巴克的自動門緩緩打開了。

門後，是吸血鬼女戴上墨鏡，露出豪氣迷人的笑容。

「既然不怕，那我們就走吧。」

「走吧。」小桃跟在吸血鬼女後面，單手扠腰，風姿綽約。「開始了，地獄遊戲有史以來最大規模的寶物爭奪賽，正式開始囉。」

第二個嗶嗶聲，落在一家麥當勞裡。

兩個超級壯漢，正大口的咬著巨型漢堡。

「來了。」第一個壯漢身穿黑色皮衣，全身都是如狼般的長硬毛，「比爾的訊息。」

「在哪？」另一個壯漢是身高超過兩百二十公分的黑人，他的大手從可樂旁拾起手機，皺眉。「文化二路？這簡訊上還附著地圖。從地圖上來看，第二個可疑玩家『傑森』離我們很近。」

「所以，這次獵物是我們的？」如狼般的壯漢，一口吞掉手上的漢堡。「二十三號。」

二十三號？這不是天使團三翼天使，曾經在籃球場上展現驚人宰制能力的運動怪物嗎？

「沒錯，可以好好的殺一場了。」二十三號也一口吞掉了手上的漢堡，順便一口吸乾了桌上的大杯可樂。「吃飽了嗎？狼人T。」

狼人T？獵鬼小組四號，以突擊與實戰能力著稱的夜街怪物，狼人T？

「吃飽啦，」狼人T摩擦著拳頭，粗豪的臉龐露出霸氣的笑，「是該打架了。」

「想打架？在地獄遊戲還不怕沒架可以打嗎？」二十三號起身，他身形壯碩不亞於狼人T，舉手投足的王者之氣，甚至凌駕於狼人T之上。

麥當勞的自動門叮一聲打開，兩個壯漢走出，迎著清亮月光，他們一起笑了。

「希望這個傑森，不要讓我們失望啊。」

但，豪氣萬丈的二十三號，此刻卻沒有發現他的夥伴，狼人T，正微微露出了猶豫的表情。

甚至，他還略略皺起眉頭，抓了抓自己的胸口，剛好就是心臟的部位。

心臟，這顆曾經多次擔任狼人T靈力幫浦的救命心臟，是否出了什麼問題？竟讓向來豪爽的狼人T露出遲疑表情？

而這個問題，又會對即將到來的血戰，帶來什麼樣的影響？

第三聲嗶嗶，是響起在書店中。

林口一家名為金石堂的書店中。

一個身材火辣、美豔中帶著些許邪氣的美女，把手機遞給一旁正在讀書的少年。

「簡訊來了。」

「嗯。」少年闔起書，接過簡訊，露出一貫輕鬆的笑容。「兩個可疑玩家，一個叫做九指丐，一個叫做傑森。嗯，這兩個人好像都不弱，不過都離我們很遠哩。」

「很遠？」火辣美女問。「那你打算怎麼辦？」

「伺機而動囉。」少年說完，又繼續埋頭讀書。

「你都不緊張啊？距離女神的擂台賽，只剩下三個半小時，三個半小時後若無人能擊敗女神，史上最強團隊將會誕生，遊戲就要破關囉，是吧？」火辣美女戳了戳少年H，「少年H。」

少年H？這個外表輕鬆帥氣的少年，就是獵鬼小組五號，中國古老武術大師，更是目前為止唯一一個，能同時逃出濕婆與女神殺手的傳奇人物。

連續兩名大神都殺不死的男人，光靠這名號就足以稱霸整個地獄了。

「呵呵，按照我從地獄中學到的牌局規則，現在牌桌上最大的一張牌是女神，所以由她負責喊籌碼，我們都只能伺機而動囉。」少年H微笑，「但別擔心，無論是狼人T那組或是吸血鬼女這組，他們都是頂尖的高手，失手機率很低，所以我不擔心他們，娜娜。」

娜娜？這個身材火辣的女子，就是天使團四翼天使，更是源自中國古老妖系中的蜘蛛精，娜娜。

「嗯，你倒是很樂觀啊。」娜娜嘆了一口氣，然後又忍不住笑了，「你就是這份從容，讓人捨不得放手啊。」

「什麼東西，捨不得放手？」少年H抬起頭問道。

「沒事。」娜娜臉紅一笑，「那你現在在看什麼書啊，看得這麼專心？」

「我看的書，」少年H微笑，「叫做二〇一一年的道具型錄。」

「二〇一一年道具型錄？」娜娜一愣，「聽起來好像人類的什麼 IKEA 家具目錄啊？」

「差不多就是這個意思，只不過它不是介紹家具，而是介紹道具。」少年H把玩著書，「這書也算是一種道具喔。」

「嗯，那這道具有什麼功用呢？」娜娜問。

「這本型錄，記錄了地獄遊戲內所有的道具，包括最新款和經典款的道具。」少年H翻開那本厚厚的型錄，「像是我用過的背不完的十萬個英文字母，和阿努比斯的迷霧森林，就是裡面的經典款喔。」

「那奇異點呢，書中有寫嗎？」娜娜把臉湊過來，只見這本書充滿了表格，每個表格內都是一種道具。

「有。」少年H微笑，「這本型錄最厲害的地方，就是會與地獄遊戲中央連線，定期更新最新的道具。」

「真的嗎?那這本書怎麼描述這個奇異點?」娜娜充滿好奇。

「妳自己看。」少年H攤開書,「我猜,我們說的奇異點,就是這朵『黑蕊花』,它在五分鐘前,才出現在這本型錄裡面。」

道具名稱:黑蕊花。

取得難度:九十九。(依照難度共區分為九十九個等級。)

須滿足十一項條件:1、需要以超過三百人的團隊的性命交換。2、須有友情道具風信子。3、風信子分為四份,這四人必須是等級超過四十的高級玩家。4、這四人必須以生命證明自己的友情可貴。5、必須委託殺害這四人之一的兇手,帶走風信子。6、此人必須帶著尊重之心將風信子埋葬。7、……

「好誇張喔。」娜娜看得是眼花撩亂,「這條件也太難滿足了吧!三百人以上的團隊?那通常就是排行榜上的前十名了啊!誰會拿一整團的性命去換這道具啊?而且,在它出現之前,誰知道它的滿足條件?」

「我也覺得這道具條件實在太過嚴苛,這些條件就算事前知道,也不可能被滿足,但奇怪的是它偏偏又被滿足了,難道是……」少年H沉吟了一下,「地獄遊戲感受到女神破關在即，自身所產生的反擊也不一定。」

「啊？你是說，地獄遊戲自己的反擊？」娜娜一愣，「所以你說地獄遊戲，是活的？」

「呵，我可沒這麼說。」少年H微微一笑，「不過這傢伙如果真的是活的，那肯定是一個有趣的大怪物。」

「對啊，這大怪物挺厲害的，因為它連女神和濕婆這樣的大人物，都吸引了過來。」娜娜感受到少年H的輕鬆，也笑了。

「黑蕊花應該是專屬遊戲設計者的道具，它會出現，真的很有趣。」少年H點頭。

「嘻嘻，對了，道具書中還有寫黑蕊花的其他特性嗎？」娜娜問。「好好奇喔，這個難度這樣高，這樣引人注目的道具，到底有什麼樣的功能？」

「妳自己看囉。」少年H再次把書推向了娜娜。

但這次，映在娜娜眼中的，卻是一個又一個令人失望的符號，那個符號叫做「問號」。

道具名稱：黑蕊花。

特性：？？

功能：？？

危險性：九十九。

「除了危險性很高之外，其他都是問號？」娜娜扁嘴，「這本型錄好爛喔，幹嘛買這本型錄啊？」

「呵呵。」少年H笑著把書拿了回來，「既然是隱藏道具，自己試出玩法，才真正有趣，不是嗎？」

「哎呦，但現在可是神魔人三界最關鍵的時刻，你還有心情享受遊戲？」娜娜跺腳。

「嗯，」少年H淡然一笑，「不是有心情享受遊戲，而是我覺得，這才是這遊戲誕生的根本原因。」

「根本原因？」

「就是享受它。」少年H微笑，「不享受它的人，不只不能破關，可能連玩都玩不好喔。」

「嘻，你好奇怪，難道這就是你看道具型錄的原因？少年H，你好歹也是濕婆與女神都殺不死的超級高手，竟然還一直擔心遊戲的道具？」

「呵呵，坦白說，我從來沒有真正放心過喔。」少年H又笑，「遊戲道具可是很可怕的。」

「真的假的？」娜娜睜著大眼睛，「你會怕道具？」

「透過道具，原本平凡的人類，都會擁有誅殺神魔的力量，表示道具強不強、可不可怕，與使用人和使用方式有關。」少年H的微笑中竟然帶著一股驕傲，「而我會如此認真，只因為我這次的對手，是阿努比斯。」

「阿努比斯……」

「從『迷霧森林』到『寸草不生的西瓜田』，這些看似平凡的道具招數，到了阿努比斯手上，都變成極可怕的兇器。」少年H嘴角揚起。「我這個阿努比斯老友，總能把不可能化為可能啊。」

「嘻嘻。」看著少年H，娜娜噗哧一聲笑了，「少年H，你一定很欣賞阿努比斯的，對吧？」

「啊？怎麼說？」

「因為你的眼神好驕傲，嗯，真希望有天你提起我的時候，也會這樣驕傲哩。」

「呵呵，會的。」少年H歪著頭，溫柔的笑了，「娜娜，因為妳是一隻非常善良的妖怪，我從剛來台灣的時候就知道了。」

被少年H一說，娜娜豔麗的面容整個紅了，急忙轉移話題。「那……那，你有發現什麼危險的道具嗎？」

「發現什麼嗎？希望，只是我想太多了。」少年H吸了一口氣，把書闔上，娜娜注意到，有一頁被少年H特別用書籤夾起。

而那道具的名字，就叫做「當我們同在一起」。

當我們同在一起？

這又是一個什麼怪東西？娜娜納悶，明明在道具界就一點都不有名啊？少年H為什麼會特別注意它呢？

而且更奇怪的地方在後面，就是在「當我們同在一起」的下面，被標記的危險度，竟然不是一個定數。

而是「1～99」。

這道具同時跨越了危險度的最低等級與最高等級，怎麼會有這樣的道具？這又代表什麼意思呢？

就在三聲簡訊聲在林口上空快速傳遞的同時，另一個陣營，一個男人正盤腿坐在一棟高樓上。

這男人喜愛在高樓，這是他的習慣，因為站得高才能夠俯視整個城市，讓他的思維更寬闊，而高樓的寂靜與寂寞，更能讓他冷靜的思考。

就像他當年成為台北市遊俠團團長時，選擇台北一〇一大樓為基地一樣。

具備俯瞰眾生的霸氣和享受孤寂的傲氣，他，就是阿努比斯。

帶著女神的絕對追殺令，來到了林口。

因為一個死者之書特別提醒的神秘道具。

更因為一個男人。

一個被自己放過、如今卻成為牌桌上最具潛在威脅的牌。

少年H。

「呼。」阿努比斯閉上眼，他從沒想過，會有這麼一天，要和這個老友在戰場上敵對。

一個能讓自己把心交付出去的夥伴，如今若成了敵人，肯定是最可怕的對手啊。

面對夠強的對手，思考與佈局就要更強才行，一步錯，肯定會全盤皆輸。

「報告老大。」阿努比斯的沉思，被一個聲音打斷。

阿努比斯睜開眼，眼前是一團火焰。

這團火，是阿努比斯收服的龍之九子之一，火龍阿猊。

「怎麼？」

「根據玩家們進行的人肉搜尋結果，那個怪道具出現的時間地點，有一個可疑人物。」

阿猊現在的任務，是替阿努比斯收集來自四面八方的情報。

「誰？」

「九指丐。」

「九指丐？」阿努比斯啞然失笑，他當然認得這傢伙，因為這傢伙也曾是遊俠團的一員，更是負責提供阿努比斯地下情報的地下道乞丐之王。

他就是神秘道具的創造者？這是命運？還是地獄遊戲自己的巧妙安排？

「是，而且根據情報指出，曾經有一個人試圖攔截九指丐，不知道成功與否，但兩人已經分開了。」

「另一個人是誰？」

「傑森。」阿猊說，「看樣子，也是一個非現實玩家，老大，我們該追哪一個？還是兩個都追？」

「喔。」阿努比斯閉上眼，沉思了幾秒，然後將手慢慢伸入口袋，拿出了一支手機。

「老大，這時候幹嘛打電話？」阿猊滿臉疑惑，「要訂 pizza 嗎？如果是，我想要火烤口味的，畢竟我是火的妖怪……」

「如果我沒猜錯，」阿努比斯完全不理會阿猊的胡言亂語，將手機連上網路。「如果女神醒了，那『祂們』也該醒了……」

「祂們？」阿猊從阿努比斯的表情中，嗅到一絲異常的情緒。

這情緒，彷彿是一種即將打開某座巨大獸籠的覺悟，而且這座獸籠中，究竟禁錮了什麼樣的猛獸，讓霸者阿努比斯都如此戒慎？

「在深遠悠長的埃及神系中，可不只白鷹、胡狼，或是豺獸這些神獸而已啊。」阿努比斯手指快速移動，打下一串指令。

「不只這些神獸？」

「數千年前，祂們才是大地的主人。」阿努比斯冷笑，最後一個鍵，是發送。「現在，是該讓人類找回那段被遺忘的時光了。」

這一秒鐘，阿努比斯的命令，將透過無數條無形的網路絲線，連接到四十萬名玩家的眼前。

或手機、或電腦、或黎明石碑的公告欄，任何可以接收訊息的儀器上，都會出現這訊息。

但，這個訊息卻讓玩家們有些疑惑，因為這些文字似乎不是寫給所有人的，反倒是寫給某幾個特定人物的。

訊息是這樣寫的：

「北埃及的老鷹啊，南埃及的眼鏡蛇啊，你們還等什麼？女神可是醒了喔。」阿努比斯的訊息寫著，**「女神，可是醒過來了喔。」**

女神，可是醒過來了喔。

「女神，可是醒過來了喔。」

在林口高速公路的對面，有著一座規模略小於新竹的科學園區，科學園區中密佈著大大小小的科技公司，而這些科技公司本著財大氣粗的經營模式，將建築物建造得有如外星人的島嶼。

而其中一座巨大的藍色建築物裡面，一個戴著墨鏡，頭頂微禿，看起來有點好色的中年大叔看到了簡訊，皺起了眉頭。

「這阿努比斯一千年沒見了，」禿頭男對著旁邊的人說道，「講話怎麼還是一樣機車啊。」

旁邊的人，雙眼突起，身材極矮極胖，身穿墨綠色西裝，帶著一股令人畏懼的古怪。

「沒辦法啊，老大，阿努比斯是女神最大的粉絲，」那矮胖男人說話的時候，口水會一直噴濺出來，「我早就知道，他一定會拿女神來壓我們哩。」

「一直說女神可是醒過來了，我們卻沒動作。一旦被女神知道，我們肯定吃不完兜著走。」禿頭男嘆氣，「這女人，當真沒人敢惹啊！」

「幸好，女神很正，比起其他神系，我們已經很幸運了。」矮胖男人邪邪的笑。「對吧，老大，眼鏡蛇神。」

「這部分我不能否認啊，至少不是印度的老濕婆，蛙神。」墨鏡禿頭男——或者該稱之為眼鏡蛇神——露出同樣帶著邪氣的笑容。「那你就撥電話給阿努比斯吧！」

「是，老大……」

「告訴那個臭屁的胡狼。」眼鏡蛇神昂起頭，此刻他整個氣勢往外勃發，剛剛那個禿頭墨鏡男已經不復見，取而代之的，是一股曾經稱霸南埃及沼澤的陰森氣勢。「我眼鏡蛇神，代表南埃及的派系，正式宣示加入……女神團，並聽從阿努比斯的指示。」

「女神，可是醒過來了喔。」

另一個接到簡訊，露出專注表情的人，也在林口。

她們位在林口的另一頭，一座絕對稱得上台灣首屈一指的醫院裡面。接到簡訊時，她們正在快速處理各式各樣的醫療文件。

她們有兩個共同點，一個是她們都穿著象徵天使的白色制服；第二個是，在人類眼中，她們都是正妹。

「瑪特姐。」一個美女身高超過一百八，但卻是超級黃金比例的九頭身，舉手投足展現模特兒的氣勢。她看著簡訊，開口了，「阿努比斯好像找上我們了。」

「是。」這個被稱作瑪特姐的女人，依然埋頭處理文件，她戴著一付無框眼鏡，做事一絲不苟，舉止俐落端莊，好一個嚴謹且漂亮的辦公室美女。「北方老鷹神系，講的就是我們。」

「那我們該過去嗎？」高大美女閃爍著一雙大眼睛。

「女神，我們打得過嗎？」瑪特依然處理著文件，這些文件在她手上不斷傳遞、瀏覽、蓋印、確認問題，速度之快，竟快到肉眼幾乎無法捕捉。

「當然打不過。」高大美女苦笑。

「所以，妳撥電話給阿努比斯，告訴他，北方鷹系會在十點十一分，準時出現在他面前。」

「是。」

「然後，我們得準備一下。」

「準備什麼？」

這一秒鐘，所有的文件都被瑪特處理完，不只如此，超過千份文件還被她整整齊齊的疊在一起，就像一大塊豆腐，分毫不差。

只見瑪特拿下無框眼鏡，眼鏡下的雙眼，透亮而美麗。

「準備戰鬥。因為這次我們的對手，可不是等閒之輩，他們剛剛……從女神手下逃生喔！」瑪特嘴角揚起一個極不易察覺的笑。「對吧？母獅神。」

母獅神？這個高大美女也是一隻獸神嗎？

「從女神手下逃生？就我所知，整個地獄中，擁有過這樣資歷的，不到十人啊。」母獅神吸了一口氣。「其中一個就是……」

「是，就是我和那隻討厭的眼鏡蛇神。」瑪特笑，「而且對手裡面還有一個我們的老朋友。」

這個瑪特，表面上看起來只是一個認真的醫院文書管理者，但對情報的掌握度，卻精準到嚇人。

「哪一個老朋友？」

「讓人懷念的暗殺高手。」瑪特眼睛瞇起，「貓神，貝斯特。」

「原來如此，貝斯特在裡面啊，難怪，難怪。」這秒鐘，母獅神那美豔的臉龐露出危險的神情，舌頭舔了一下上唇。

這一下動作，果然像極了母獅，一隻擁有頂級狩獵技巧的草原之后。

「所以妳覺得我們該不該準備一下？」瑪特起身，「接下來，可是攸關生死的戰鬥哩。」

「是。」

強大又謹慎，聰明又能掌握情報，這個瑪特，肯定會是獵鬼小組與天使團結盟以來，最危險的敵人啊。

一朵黑蕊花，引來各方勢力的介入，而其中，以最快速度攔截九指丐的團隊呢？

他們，正在林口最大的校園，體育大學的游泳池邊。

此刻，是台灣典型的冬季氣候，氣溫不到十度加上林口獨有的濕度，讓這裡的冬天宛如上帝對人類的懲罰般的，酷寒。

而且值得一提的是，體育大學的游泳池沒有溫水系統，所以，這裡更冷。

那種腳趾尖碰到水，就會忍不住尖叫的冷。

這大概就是體育大學老是能訓練出得獎選手的原因，因為他們很強悍，無論是精神或是身體。

但，此刻這個游泳池內有人，一個肌膚白色的老年人，正像一條鯊魚般，在游泳池快速迴游著。

他不是別人，正是曾任獵鬼小組的組長，並在地獄中創下史上最低犯罪率的怪物，亞瑟王。

他正在游著泳，脫下了金色的盔甲，卸下了讓所有妖怪都聞之喪膽的金色太陽劍，舒服的在冬天游泳著。

終於，亞瑟王停止了高速迴游，他倚靠在游泳池邊。「荊軻，你不游嗎？」

坐在游泳池邊，一個面容如冰的男人，搖了搖頭。

這男人全身上下都是黑色的，連倚在胸口的那把劍，都是黑色的。

「是喔，最近老是沒機會出場，缺乏戰鬥運動，身材都快走樣了，游個泳很舒服的。」

亞瑟王微笑，從水裡起身。

這一剎那，就可以知道剛剛他說「身材走樣」其實是開玩笑的。

縱使他此刻的外表超過五十歲，但全身上下該有的肌肉線條，可是一條都沒少，在微暗的體育館內，身體散發著精悍的水反光。

他，隨時可以戰鬥。

隨時可以施展那驚人的太陽三劍。

「傑森，剛剛打電話來說，他已經攔住九指丐了。」游泳池旁，還有一個人。

那是一個小女孩，剪著俗稱的馬桶蓋頭，手裡玩著骰子。

「攔住了？那妳得和他說，若是搶到了黑蕊花，快點退回來。」亞瑟王起身，拿起一條長毛巾擦拭身體，只露出背部，那裡的線條依然驚人。「動作要快！」

「快？怎麼說？」座敷童看著亞瑟王。

「這朵黑蕊花遲早會引來阿努比斯和少年H，某種程度來說，這根本是少年H和阿努比斯的對決。」亞瑟王慢慢的擦著，然後蹲下身子穿上慣穿的盔甲。

這盔甲並不笨重，反而像是某種合身的衣物，輕輕一套，就套進了亞瑟王的身上。

「好。」座敷童拿起手機，又撥了幾個鍵，但這一次，卻只剩下不斷重複的等待長音。

「沒接？」

「沒接嗎？」亞瑟王動作一頓，「妳說，傑森完全沒接？」

「是。」座敷童看著亞瑟王。

「那就有點糟糕了。」亞瑟王一手抓住太陽劍，露出帶著怒氣的笑。「傑森，恐怕被人攔截了。」

「啊？」

「換我們得快點了。」亞瑟王起身。

只是就在此刻，忽然，座數童歪著頭，問了亞瑟王一個問題。「老大，我一直想問一件事。」

「哪件事？」

「你說黑蕊花的搶奪賽，是阿努比斯和少年H的對決，但，我們到底站在哪邊？」

「我們嗎？」亞瑟王聽到這，雙眼殺氣一閃而過。「我們從頭到尾，都沒有變過啊。」

「啊？」

「我們，一直是和德古拉，站在敵對的位置啊。」

座數童愣住了，那德古拉站在哪一邊呢？

他是要幫現在挾著女神之威，佔盡優勢的夜王阿努比斯？還是剛死裡逃生，決定絕地反攻的少年H呢？

「好熱鬧，現在有超過三成的玩家都在林口。」

在一個以黑色為主要格調的店裡，幾個男人正注視著窗外的陽光。

「我挺喜歡這裡的，老實說。」一個滿頭亂髮，看似張狂的男人，正注視著窗外。「終年大霧，霧氣減低了陽光的威力，也讓我們能在這城市裡面自在穿梭。」

值得一提的是，這亂髮男的桌上，擺著一把胡桃木色的小提琴。

「對啊，很舒服。」亂髮男人的對面，坐著一個大塊頭，他全身肌肉壯大的程度，甚至在傑森之上。「不過，老大叫我們在這裡集合，卻遲遲不出現，是怎麼樣啊？」

「老大的命令，我們聽就對了，」亂髮男打了一個哈欠，「因為我猜，快要輪到我們上場了。」

「喔？」大塊頭眼睛一亮，「等了這麼久，終於可以打架了嗎？」

「是啊。」亂髮男一笑，「你的朋友，傑森，聽說已經出動了。」

「是嗎是嗎？」大塊頭面露喜色，一副摩拳擦掌想要找人幹架的模樣。「太好了，你知道之前武僧和小飛俠去打曹操的時候，我好羨慕他們哩。」

「不過他們死了啊。」亂髮男搖頭。

「戰死，也比無聊死好多了啊。」

「我不這樣想，活著，才能聽到更美妙的樂章。」亂髮男閉著眼，「不過曾有人說過，當我們靈魂死亡的時候，那最後的死前樂章才是超越地獄與人間，最震撼人心的音樂，如果真有其事，我才會期待死亡。」

「你講什麼音樂？死前樂章？我聽不懂啦！」大塊頭揉了揉鼻子，「我只要打架就好了。」

「是啊，我們是道不同不相為謀。」亂髮男也不生氣，只是搖頭。「講音樂你也聽不懂啦。」

「只是奇怪，老大怎麼那麼久？他到底要不要來啊？」大塊頭單手托住下巴，無聊的說。

然後，就在此刻，他們兩人的手機卻同時響起「叮咚」的一聲。

「是簡訊？」兩人互望了一眼，「而且是老大傳來的。」

「這是我們第一個任務？」亂髮男拿起手機訊息，忍不住笑了。「真是太巧了，因為我們剛剛才聊到。」

「是啊，第一個任務，就要殺老朋友，真是太讓人……驚喜了啊！」大塊頭也大笑。

手機訊息是這樣寫的：

「給貝多芬、混血：

攔截傑森，搶下黑蕊花。

老大德古拉」

「我就說，老大對我們不錯。」這大塊頭，竟然就是混血，曾經在聖甲蟲戰役中，單挑打敗傑森的混血怪物。「把這麼好的一道菜留給我們，對吧！貝多芬！」

「要攔截傑森，就是要挑戰亞瑟王陣營了，哈哈。」亂髮男，原來就是貝多芬，他同樣笑得燦爛。「那太好了，荊軻，我們又會碰面了，這次讓我看看，究竟是你的劍術進步得多？還是我的交響曲更為迷人吧！」

只是，被這麼多人虎視眈眈的焦點，傑森呢？

此刻，他正在某條飄著濃霧的暗巷中，奔跑著。

奔跑的同時，傑森更不斷的往後看，越是看，越是驚恐，雙足越是不敢停。

就算他的雙腳肌腱已經幾乎斷裂，就算他的心臟跳動已經快到要從胸膛炸開，就算他已經喘到每次呼吸，都像是在吞吐著炙熱的火炭。

但他就是不敢停。

因為他剛剛看到了，那個追逐他的人，真實的面目。

那根本不是人。

那是一隻野獸。

一隻不該出現在人類世界、只該出現在惡夢之中的野獸。

「可惡，我要回去！好不容易拿到了東西，只要回到老大身邊，只要、只要……」傑森狂奔著，含著血淚狂奔著，只是他的意志雖然堅強，但老天卻從來不憐憫意志堅強之人，老天，只信仰實力。

而此刻，傑森的背後，那個由壓倒性實力組成的物體，已經來了。

那是一條舌頭。

又長又粗，沾著黏膜，在暗巷中延伸的舌頭，來了。

噗。

舌頭黏住了傑森的背。

「吼！」傑森驚恐的大叫，回身，出拳。

曾經在希臘神話中，率領著群雄取得金羊毛的拳頭，懷著絕死之意打出來的拳頭，可非等閒。

拳頭，化成一柄怒劍，斬向這條古怪的紅舌。

粗大的舌頭彷彿有著眼睛，繞了半圈，避開傑森的拳頭，盤上了傑森的臉。

傑森只感覺到舌頭上那又濕又黏的水氣，有幾滴噴入了自己的嘴中，他發出怒吼，再次揮拳。

這次的拳頭，爆發了傑森十二成的力量，所有的靈力，都集中到手臂後方的肌肉，形成一團靈球。

然後靈球炸開，賦予了拳頭強大但危險的推進力。

終於，拳頭宛如燒毀生命也不足惜的高速飛彈，正面衝撞了長舌。

舌頭的頂端和拳頭互撞，舌頭上的液體與傑森的靈力激撞，四處亂彈。

但雙方僵持了半秒，終於舌頭抖動兩下，退了，甚至一口氣退到暗巷深處。

「呼呼，怕了吧！呸！」傑森抖了兩下，擦去滿臉濕熱的長舌液體，順便將口中的液體給吐掉。「嗝！我十二成功力的拳頭，可是連荊軻的劍，嗝！都可以擋住。」

「嗝！」說完，傑森拍了拍自己的胸脯，「奇怪，是剛才跑得太猛了嗎？怎麼，嗝，開始打嗝？」

只不過越是拍，傑森越感到噁心，一股翻騰的不舒適感，在胃部流竄。

「怎麼搞的？嗝。」終於，傑森按捺不住，嘴巴一張，吐了。

只是這一吐，卻讓他臉色驟變。

因為他看到他的嘔吐物中，竟有東西在動。

乳白色的嘔吐物裡，一隻小小的腿慢慢伸出，然後整個身體也浮出，那是一隻小青蛙。

小青蛙抬起頭，看著眼前的傑森，然後，嘓的一聲。

這一聲嘓響起，傑森雙手同時摀住嘴，因為更強、更痛、更撕裂他神經的嘔吐感又來了。

「吼。」傑森悲鳴了一聲，仰起頭，然後他的嘴巴噴出了一大篷的血。

那一大篷血中，竟然全部都是小青蛙，蠕動的、堆疊的、嘓嘓叫的，全部都是活生生的青蛙。

血泉中，小青蛙群往四面八方散開。

然後傑森雙腳一軟，他跪下了，跪在滿地蹦蹦跳跳的小青蛙群中。

「可惡，原來剛剛舌頭攻擊只是幌子，真正危險的，是舌頭上的唾液，充滿了蛙卵，可惡……」傑森的拳頭軟下，然後呼吸停住。「就這樣死掉，我不甘心，不甘心啊！」

傑森，生前曾是希臘神話中的英雄人物，帶領群雄搶下金羊毛，只是他空有一身蠻力，卻少了真正的神力做後盾，後來加入亞瑟王陣營，終究沒能挺過這關，成為黑蕊花爭奪戰中，第一個犧牲者。

就在傑森陣亡的同時，暗巷中，一條長長的影子，籠罩住了傑森跪死的身軀。

這影子的主人，身材極為矮胖，他伸出手，在傑森身上一陣掏摸，然後露出了驚喜的笑容。

「找到了，大家在搶的，就是這東西嗎？」矮胖男人把那東西拿在手上，一朵花，花蕊透露著古怪的黑色。

「太好了，只要把這東西交給眼鏡蛇老大，然後老大再交給女神，我們南埃及這邊，就算立下大功啦，未來肯定壓住北埃及啦！嘓嘓！」矮胖男人得意的笑，往暗巷另一頭走去，而他背後，則是蹦蹦跳跳，跟在他腳邊的那群小青蛙。

當矮胖男人離去，暗巷中，傑森的屍體上頭，突然傳來一陣熱血且搖滾的樂聲。

那是手機的鈴聲。

「嘟……嘟……嘟……嘟……」手機響了好多聲，最後終於放棄了。

整個暗巷，只剩下手機螢幕最後的光芒，上面顯示著……

十二通未接來電，來電者，座敷童。

「無法追蹤到黑蕊花，但傑森的生命跡象消失了。」比爾拿著一台平板電腦，「最後與傑森接觸的人，也是一個擁有異常程式的人。」

「你的意思是？」貓女坐在林口某座公園的圍牆上，雙腳搖啊搖著。「殺了傑森的人，是一個非現實玩家？」

「是，傑森的程式經過奔逃之後，然後一瞬間就消失了。」比爾透過平板電腦，再次傳遞出訊息。「而且，那個非現實玩家的程式DNA很怪異，比對起來像是一隻青蛙。」

「青蛙？」貓女皺眉，「如果說是妖怪，也是一隻青蛙妖怪？」

「正是。」

「青蛙妖怪，青蛙妖怪，」貓女喃喃自語，青蛙這種妖怪，在全世界各地的物語與神話中並不少見，畢竟這是一隻穿梭在陸地與水窪，每天都會唱歌的生物，自然會被賦予許多的想像。

但奇怪的是，貓女卻直覺的感到不安。

這隻青蛙，可以殺死傑森?傑森，好歹也是希臘神話的人物，被青蛙妖怪給輕鬆解決，所代表的，恐怕是這隻青蛙不只是妖怪，而是接近魔神的等級嗎？

「不過青蛙妖怪附近有我們的人，正是狼人T和二十三號。」比爾邊說，邊把訊息送出。「他們應該很快就會碰到那隻青蛙妖怪了。」

「喔?」貓女想了想，笑了。「狼人T這傢伙的命很硬，應該沒那麼容易被解決。」

「是的。」比爾注視著平板電腦，電腦上有一張地圖，地圖上幾個被標記的重要程式正各自移動著。「而且另外一頭，吸血鬼女和小桃……已經和九指丐接觸了！」

「嗯。」貓女歪著頭，「那我們呢?」

「我們要等待。」

「等待?」

「每場追逐戰，贏的絕對不是蟬，更不是螳螂，而是隱身在樹林中，等待最久的……」比爾一笑，「黃雀。」

「黃雀嗎?」貓女內心仍想著那隻青蛙妖怪，內心卻縈繞著一股揮不去的不安。

女神覺醒了，那些沉寂多年的埃及獸神呢?是否也會因為害怕女神，而加入戰場呢?想到這裡，貓女打了一個寒顫，她深知南北埃及神系的厲害，尤其是北方神系裡的「她」，如果她也出動，那就危險了。

就非常非常危險了。

同一時間，林口第一高樓上，阿努比斯也獲得了相同訊息。

只是他的訊息是來自更貼近戰場的，人肉搜尋。

四十萬個密佈在林口的玩家，透過八十萬雙眼睛，阿努比斯能輕易的捕捉到遊戲中每個角落的實況轉播。

「黑蕊花到手了。」阿努比斯沉吟。「蛙神這次幹得不錯。」

「不過老大，你看起來怎麼沒有很開心？」阿猊和村正問道。

「拿到黑蕊花是一回事，但能否保住它，恐怕又是一回事啊。」阿努比斯把玩著手上的手機。「更何況，距離女神電視轉播結束的時間，還有三個半小時。」

「三個半小時……」阿猊抬起頭，熊熊的火焰中，可見到遠處一座電視牆上，上面正播放著台北火車站的實況轉播，同時底下刻畫著時間。

晚上八點半。

距離女神設下的時間，還有三個半小時。

三個半小時後，誰是黑蕊花的主人，將會主導戰局的最後結果。

當然，除了黑蕊花，還有一個因素會成為勝負的最後關鍵，就是站在女神面前的那個男人。

一個地獄中無論神魔，只要一聽到名字，都會打從心底畏懼的男人。

他的名字只有三個字。

蒼，蠅，王。

第二章　台北

台北火車站。

電視廣播的攝影機無法捕捉到的大廳門外，兩個男人正在對峙。

一個是腳踏著藍白色拖鞋，身穿寬鬆T恤，標準宅男打扮的男人。

一個將全身的黑氣當成外衣，散發著滿滿陰界死亡氣息的男人。

「賽特啊，」宅男雙手插在口袋中，「我們兩個如果認真打，這座台北火車站雖然是地獄遊戲的核心，恐怕也會應聲而倒吧。」

「蚩尤啊，」賽特點頭，「那我們做個約定，只用一成？」

「一成，還是有點危險，不如我們用半成吧，還有，禁止解放自己的能力。」土地公摩挲著下巴，「像剛才老濕和伊希斯那一場，一個解放出岩漿之海，一個打出冰冷之月，差點打算把這裡摧毀。」

「你怕這裡被摧毀？」

「是啊，我實在很想看，到底是誰破了關。在破關之前，我們沒必要把整個遊戲全部弄壞，對吧？」土地公笑著說。「更何況若我們弄壞了遊戲，我怕伊希斯也不會饒你哩。」

「哼，我與她的事，不用你管。」賽特眼睛瞇起，緩緩點頭。「用半成的力量就半成。」

「好，就半成……那看我的，半成之拳。」土地公話才說完，忽然身影一晃，灰色的影子瞬間出現在賽特面前。

然後拳頭已然揮出。

這拳頭又快又狠，轟然一聲，就這樣擊碎了賽特的頭顱。

頭顱在拳下應聲爆開，卻一點腦漿與血液噴濺都沒有，而一擊得手的土地公更是無奈的搔了搔腦袋。「哎啊，忘記了，你是沙漠風暴之神啊。」

沙漠風暴之神？只見土地公拳頭下的賽特，在這一秒鐘，無風自散，散成一團黑色的流沙。

黑色流沙繞著土地公快速轉動，宛如龍捲風，將土地公整個包圍起來。

「果然很守信用，只用半成，如果是你的十成力量，應該可以在瞬間把這座城市埋入黑沙之中吧？」土地公仰著頭，搔著腦袋，看著這股不斷往上升高的龍捲風。

「換我出招了。小心了，蚩尤。」

賽特說完，龍捲風突然破出十幾個洞，每個洞都有一個賽特跳出，他們手中握著迴旋彎刀，在空中交錯舞動，舞出一片凌厲刀網，朝著土地公殺去。

「十幾個賽特？」土地公仰著頭，露出滿是獠牙的笑。「這種分裂的招數，我也會啊。」

「也會？」所有的賽特同時咦的一聲。

「看好啦。」土地公腳一蹬，已經朝著滿天的賽特衝去。「我的分裂，可是一點投機取巧都沒有喔。」

看這秒鐘的畫面，只見土地公的背影好快，快到超乎想像，快到竟像是分裂出十餘個土地公，同時出現在所有的賽特面前。

接著，揮拳。

砰！砰！砰！砰！砰！砰！砰！砰！砰！砰！這一連串的重拳，雖然出拳有先後順序，但猛然一聽，卻只有一個拳音。

然後拳音一停，空中十數個賽特的頭顱，一起炸開。

乍看之下，有如十幾朵黑色煙火綻放，雖不絢爛，但卻充滿了氣勢。

瞬間，土地公又坐回地上，他悠哉的摳著自己的腳趾，嘴裡喃喃唸著，「哎啊，踢太用力了，鞋底有點進沙了啊。」

當十幾個賽特都被打爆，黑色龍捲風再度改變形態，這次，它竟然凝聚出一個超大的賽特。

一個體積等於一百個成人的巨人賽特，他踏著沉重腳步，發出驚天動地的嘶吼，手持彎刀，朝著坐在地上的土地公的腦門，直劈了下來。

「大一點，有比較好嗎？」土地公仰頭，瞇著眼，露出邪邪的微笑。

彎刀落，台北火車站的地板被劈出一條蔓延百公尺的刀痕。

刀痕下，土地公呢？

還在。

他還在。

只是他身上沒有半點傷痕，因為他擋住了刀，而且靠的竟是，舌頭。

舌頭，這個人體全身上下最脆弱的部分，竟被土地公拿來擋住這威力驚人的一刀。

只見土地公吐著舌頭，頂著巨大的刀鋒，露出口齒不清的微笑。

「果然還是有點痛，靠舌頭來擋大刀，當真有點勉強啊。」

「吼。」巨人賽特在怒吼聲中，再次舉刀。「找死吼！」

「等等，我鼻子有點癢。」土地公揉著鼻子，正要伸手阻止，第二刀已經來了。

「哈啾啦！」忽然，土地公用力打了一個噴嚏，噴嚏吹出的風，就這樣吹了過去，然後刀鋒竟然隨之潰散。

噴嚏的風繼續吹著，吹散了巨人的手臂、身體、雙腳、頭顱，到後來，整個巨人被一個噴嚏給吹散了。

噴嚏過後，只剩下滿地的黑沙。

「好險好險，剛剛鼻子太癢了，好像打了大概零點七成的功力。」土地公揉著鼻子。

「咦？大賽特呢？怎麼我打個噴嚏你就不見了，是怪我沒遮住口鼻嗎？這也太不好意思了。」

只見滿地的黑沙再度開始凝聚，這次，凝聚出正常版大小的賽特。

臉上，是帶著些許怒意的笑。

「蚩尤，看樣子這千年來，你功力還在進步啊？」賽特咬著牙，慢慢的說著。

「好說好說。」土地公又坐回地上，繼續摳著腳趾縫的沙子。「不過腳底進沙還真是討厭，賽特啊，說到沙子，你一定常要走在沙子上，都沒有這樣的困擾嗎？」

「嘿。」賽特也坐了下來，「只用半成，打起來真的不太過癮。」

「是啊，可是我們要維護地獄遊戲的軸心台北火車站啊，別被我們的靈力給沖倒了。」

「不是這樣吧？蚩尤。」

「喔？」

「你真正的目的，不是為了和我戰鬥吧？」賽特坐著，手一揮，蚩尤腳趾縫的沙子頓時飛起，往後散去。

「那是什麼？」

「你是為了掩護九尾狐，所以在這裡拖住我吧？」賽特帶著冷意的笑。「那半成功力的約定，除了維持住台北火車站的架構以外，也是不想讓戰鬥太快結束吧？」

「哈，哈哈哈，哈哈。」土地公一聽，忍不住大笑，「聰明聰明，我上次就和老濕說過，咱們四張A，個個都很聰明，真該舉辦一次猜謎活動，不比武力，就比智力，一定很好玩。」

「但，你以為我會這樣放九尾狐過去嗎？」賽特淺淺一笑，眼中帶著濃烈殺氣。

「欸？」土地公往旁邊的門看去。

只見賽特背後的地板上，不知何時，延伸出一條長長的影子，而且影子甚至深入背後的門內。

而那道門，正是九尾狐剛剛溜走的入口。

「這可不是我的影子，」賽特一笑，「這是我的黑沙，就在你自以為是的提出半成約定的時候，我早就派黑沙去追殺九……」

只是賽特沒說完，忽然啞了。

因為他突然感覺到，周圍的氣溫，正在下降。

一股純淨、暴力，不知道何時出現的巨大冷意，正籠罩在他的周圍。

「賽，特。」還在低頭摳腳的土地公，一個字一個字，慢慢的說著。「你、聽、好、了。」

「嗯？」賽特感到周圍的氣溫瘋狂下降，全身更冒起了陣陣雞皮疙瘩，這種冷意，是他從身為神以來，從未感受過的，暴力。

怒殺世界，唯我獨尊，萬夫莫敵的，暴力。

「這、世、界、上、沒、人、可、以、動、我、的、女、人、啊。」

這一剎那，土地公起身了，同時間，腳也抬了起來。

藍白色的拖鞋在這快到萬分之一秒的時間裡面，化成了眩目的紫色。

這是，至尊無敵拖！

賽特見狀，臉上表情雖然依舊冷酷，但雙手卻展現百分之一百的高速，兩股黑沙，在他手心急旋舞動。這次的沙色澤很黑，黑到濃烈，黑到宛如從千百具埋藏在沙漠中屍首中，爆裂而出的黑色。

然後，至尊無敵拖來了。

砰。

火車站又再次晃動。

晃動後，當土地公把腳抬起，再次坐回地上，賽特已經消失了蹤影。

只剩下地面上一個寬三公尺的大洞。

而原本溜去追殺九尾狐的黑沙，也被一起拖回大洞中，再也無法執行它可怕的任務了。

「就說，不要動我的女人嘛。」土地公又繼續摳著腳趾，「你看，被打到地底下，很好玩嗎？」

洞中大概過了數秒，才終於傳回了賽特的聲音。

「你作弊，」賽特的語氣中沒有帶傷，只是無奈，「這真的是你半成功力嗎？」

「當然不是。」土地公笑了，「你知道我這人談到女人，難免會失控，對不起啦，不過話說回來，你剛剛防禦我的招數，應該也不是半成吧？」

賽特的聲音傳了回來，帶著些許冷笑，「如果只用半成，我怎麼可能還活著。」

「這就對了，這叫做兩不相欠。」

「呵，真是歪理。」

「我們若順著常理，就不會在黑榜上了，還排到前四強了，不是嗎？」

「這樣說也對。說坦白的，蚩尤，」賽特的聲音依然在洞裡，卻沒有那麼剛硬了，「你覺得，女神會贏還是蒼蠅王啊？」

「你懷疑自己的最愛嗎？」土地公把頭探向洞口，對裡面喊著，「這不像你欸。」

「我從不懷疑她的力量，但我懷疑的是……」賽特輕輕的說，「當她贏得一切之後，到底是好？或是不好？」

「……」土地公沒有回答，只是歪著頭，淡淡的笑了。「這問題我也不知道，到底是贏了好？還是輸了好？不過我肯定的是，努力過就最好。」

「呵，你以為你在安慰小學生啊？」賽特啞然失笑，「不過，等地獄遊戲事件結束，我們找其他兩張A喝杯酒吧。」

「好啊，好久好久，我們四個麻煩人物好久沒湊在一起了。」土地公笑，「不過我們一起出現，地獄政府一定會很緊張吧。」

「就是要讓他們緊張一下啊，哈哈哈。」賽特也難得放下冷酷憂鬱的形象，在洞中回笑著。

「哈哈哈。」

兩個人，一個是黑桃A，古中國最兇惡的魔神蚩尤，一個是梅花A，古埃及最恐怖的沙漠傳說賽特，如今卻在這個台北火車站，小小角落，放聲大笑著。

如果不管命運、理想，或是自己信仰的愛情，我們應該是好朋友吧。

其實，應該會是很好的朋友吧。

另一頭，一個單眼皮的美豔女人，踏著輕巧的步伐，來到台北火車站大廳的附近。

她是九尾狐。

她在土地公的掩護下，溜過了賽特，反而差點喪命在項羽的刀下。

而這個項羽，卻僅是一抹魂魄消滅前的英靈。

「只是殘餘的能量，就有這樣的力量？」九尾狐對著項羽消失的魂魄，微微鞠躬。「這些年來，不少人質疑你黑桃K的地位，但這次真的讓我服氣了。」

而項羽不只魂魄強橫，他更留下一個重要的訊息。

那就是蒼蠅王的秘密。

「一片白色的羽毛？」九尾狐歪著頭，看著浮在她手心，彷彿沒有重力的白色羽毛。

這羽毛好美，閃爍著半透明的光芒。

「不過好怪，蒼蠅王這些年來雷厲風行的整治地獄，感覺就像是一塊又黑又硬的石頭，怎麼……會和這樣美麗的白色扯上關係哩？」九尾狐仰著頭，注視著前方台北火車站的入口。

「如果這秘密可以在短短的數分鐘內，逆殺擁有最強三刀的項羽，那這秘密恐怕……」

九尾狐臉上閃過一絲邪惡與期待的笑容，「連三成的女神，都可以擊敗啊！」

「不過，項羽啊項羽，關於你死前所記掛的那女孩，我以同為黑榜群妖之名，答應你，」九尾狐溫柔一笑，「我一定會幫你一把。」

項羽死前記掛的女孩。

就是被女神奪去身軀，曾經為遊俠團第二把交椅，更是天使團團長錢爸願意用生命拯救的女孩。

法咖啡。

「說起這個叫做法咖啡的女孩，未免也太好命了吧，這麼多男人愛妳，不過……我自己也不錯啦！」九尾狐笑得好甜，「因為，我有笨蛋蚩尤啊！」

但就在這時，地板猛烈一晃，九尾狐收起笑容，回過頭，注視著火車站入口的方向，「這樣強大的晃動……難道是兩個 Ace 都認真了？這個笨蛋蚩尤，叫他不可以認真打，怎麼不聽啊！地獄遊戲被摧毀怎麼辦？」

幸好，來自火車站入口的晃動只有一下，隨即就安靜下來。

「收手了嗎？」九尾狐拍了拍胸脯，「太好了，我想就算笨蛋蚩尤玩瘋了，賽特還是一個冷靜的人。咦？」

又是一聲咦，從九尾狐口中發出，因為她又感受到了第二次晃動。

指示晃動的起源，這次竟然不是台北火車站入口，而是完全相反的方向，台北火車站的大廳。

「前面？那是女神與蒼蠅王決戰的地方啊！」九尾狐吸了一口氣，展開輕巧且隱密的步伐，往大廳方向急奔而去。「這麼快，兩人就拿出實力了嗎？」

這麼快，就打出足以震動台北火車站的絕招了？

是否，這場埃及神系與地獄政府，僵持千年的對決，此刻就要分出勝負了，徹底分出勝負了？

九尾狐想到這，心情激動，雙腳更是足不點地的往前奔去；而當她不斷往前奔去的同時，地面卻又傳來一次震動。

又交鋒了？九尾狐心中微微一驚，能讓地獄遊戲的核心「台北火車站」連續震動，表示兩人都打出了實力。

只是，當九尾狐躍入了台北火車站的大廳時，眼前的畫面，卻完全震懾住了她。

順著九尾狐的眼睛往前看去，那一幕的畫面，是女神退了。

被脫去上衣、露出精壯上半身的蒼蠅王，一拳給擊退了。

女神，退離了原本固若金湯的椅子，而手上的那本《酉陽雜俎》，更被震碎成千百張小紙屑，在火車站大廳中飛舞著。

退了數步之後，女神用手指輕輕擦去嘴角的血痕，就算是落居下風的她，依然優雅迷人到令人憐惜。

「很厲害。」女神淡淡微笑，「竟然比情報裡面還厲害。」

「是嗎？被女神這樣稱讚，我承受不起。」蒼蠅王此刻已經脫下了慣穿的黑色長外衣，露出了外衣底下的真實模樣。

看到蒼蠅王的真實模樣，連看慣各款猛男的九尾狐，都禁不住吸了一口氣。

好壯啊。

那是堪稱完美的男子身體，每塊肌肉都擁有著完美無瑕的弧線，閃爍著如黑玉般的光澤，更重要的，是身體上的疤痕，數十條或長或短、或淺或深的傷疤上，都訴說著相同的一件事。

這個人，很強。

而且是經過無數次垂死邊緣的鍛鍊之後，所形成的強。

更真正可怕的是，蒼蠅王位居高位，卻仍這樣瘋狂的鍛鍊自己，其內含的驚人意志力，若轉換成戰鬥力，肯定恐怖至極。

只是九尾狐滿心讚嘆時，眼前的女神卻只是歪著頭，發出疑惑的聲音。

「不懂。」女神以食指壓著自己的下嘴唇，露出可愛的疑惑表情。「你好奇怪。」

「哪裡奇怪？」

「情報顯示，你該是雙子座；但你這樣刻苦鍛鍊自己的行為，卻像是摩羯座。」女神嘟著嘴納悶。「好怪喔，像你這樣的人。」

「星座？那只是一種參考吧。」蒼蠅王往前踏了一步，同時間拳頭揮出。

這一揮，紫氣爆發，竟然直接進入可視靈波狀態。

可視靈波，這曾經是被地獄神魔們喻為強者指標的高牆，如今在蒼蠅王手上，卻是信手捻來，輕鬆如意。

只見，女神呼了一口氣，往後急退，同時間，手心朝上一翻，低喊道。「翻開吧，死者……」

可是，女神的召喚咒語尚未唸完，蒼蠅王的拳頭，卻已經來了。

而且這拳頭不是法術，更不是靈力，而是經過無數鍛鍊下，扎實無比的拳頭。

面對這樣的拳頭，女神只能再次嘆氣，然後將靈力形成一股白色盾牌，砰的一聲，接住蒼蠅王這一拳。

白色盾牌應聲粉碎。

只是盾牌才剛剛粉碎，蒼蠅王的第二拳又來了。

女神依然嘆氣，左手再起，第二道盾牌跟著出現。

砰，盾牌再被粉碎。

第三拳又來，女神再形成第三道盾牌。

盾牌再碎。

於是，短短的百分之一秒內，蒼蠅王就打出驚人的一萬四千三百六十四拳，而女神也回敬了一萬四千三百六十四個盾牌。

百分之一秒，兩人硬是交換了一萬四千三百六十四個招數。

如此短的時間，轟出如此驚人的拳速，每拳威力更是同樣強悍且平均，讓女神完全沒有餘裕，可以喚出死者之書裡的牌。

終於，拳頭停了。

女神又退了一步。

死者之書，沒有翻開，根本無法翻開。

「死者之書。」蒼蠅王收拳，然後慢慢吐出一口長氣。「這本書，於世界之初誕生，收集了天地間二十三個真理，形成此書。後來此書被埃及神系繼承，更命名為死者之書。」

「很聰明，你真的不是摩羯座的嗎？」女神甜甜一笑。「個性好認真喔。」

「哼，死者之書堪稱世間最強大的武器，但因為太強，所以限制相對也多。」蒼蠅王擺出武鬥者握拳的姿態，「條件有二：第一，每張卡要消耗的靈力實在驚人，不是神級的高手，根本無法使用卡片；第二，就是必須完成開啟、朗誦，然後施展的動作，這段時間，施術者無法也進行其他的動作。」

「所以，你就趁我開書的時間攻擊我？很討厭欸。」女神眉頭微皺，可愛的女孩皺眉依然可愛。

「沒錯，這是妳無法防備的時間。」蒼蠅王冷笑，「除非妳打算冒著被我打傷的風險，而且我刻意鍛鍊身體……就是打算對妳施展物理性的攻擊，而非靈力攻擊！」

「好聰明的蒼蠅王喔，」女神忍不住鼓掌，「因為你知道我本身靈力雄厚，只靠靈力攻擊，我根本不痛不癢嗎？」

「是，」蒼蠅王全神貫注，身體精瘦的肌肉閃爍著驕傲的古銅色光芒，「我知道除非是物理性攻擊，不然根本傷不到妳。」

「只是，要鍛鍊出在一秒內擊出這麼多數目的拳頭，你練得很辛苦吧？」女神嘆氣。

「……」蒼蠅王沒有回答，僅嘴角微微牽動了一下。

蒼蠅王雖沒說話，但他身體的傷痕和千錘百鍊的肌肉，已經回答了這一切。

「你從多久以前就開始練啊？」女神瞇起眼睛，「練成這樣也要很長的時間吧？這一切，都是為了這一刻嗎？難道……你早就在等這一戰了？」

「……」蒼蠅王依然沒有回答，依然保持全神貫注的狀態，注視著女神。

「這樣的對手，真的很讓人討厭。而且，」女神忽然從口袋中掏出一個圓圓的東西。「你真的不是摩羯嗎？好歹也是處女或金牛吧，這麼刻苦耐勞的人，怎麼不是土象星座？」

蒼蠅王眼睛瞇起，他將注意力集中到女神手中的那圓形物體上。

那圓形物體只有約莫小指大小，咖啡色，表面粗糙，似乎是一枚種子。

沒有散發任何危險的靈力，看起來平凡無比的遊戲道具。

「這種子，其實是我家那隻阿努比斯給我的啦，」女神甜笑，「他真是一個操心鬼，他說，他的職業是農夫，所以最懂種子，叫我帶著這種子，如果真的遇到很麻煩的事，就拿出來用。」

「阿努比斯……」蒼蠅王表情依然冷酷，但內心卻微微震動了一下。

阿努比斯也是一個可敬的對手。

他給女神的東西，絕非凡物，更可怕的是，以他蒼蠅王之能，卻看不出這東西的危險性？

這叫做道具？地獄遊戲裡面最基礎的工具嗎？

「這東西，叫做雜草種子。」女神纖細小巧的手心裡，那枚其貌不揚的種子正緩緩滾動。

「其實我種什麼植物都會死，所以阿努比斯給了我一個雜草種子，據說任何白痴都種得活，不過更重要的是，這種子會依著種植者的靈力，呈現不同的樣貌……」

依種植者的靈力，呈現不同的樣貌？

聽到這句話，蒼蠅王眼睛大睜，發出怒吼，同時，身體已經動了！

那經過無數生與死、死與生鍛鍊的軀體，揮舞著每百分之一秒能擊出萬拳的速度，轟向女神。

會這麼激動，因為蒼蠅王懂了。

如果這雜草種子會依照靈力的等級而生長，那擁有神人魔三界超強靈力的女神，種出來的雜草，恐怕……

「不愧是阿努比斯啊！」蒼蠅王的拳頭已經到了，而女神這次沒有閃躲，沒有閃躲的原因是，她手上的種子已經發芽了。

「來不及囉，我剛剛和你介紹的時候，就已經啟動了該種子的生長。」女神一笑。「讓我們一起來看看，我這新手第一次養的植物，會長成什麼模樣吧！」

蒼蠅王的這一拳，竟沒有打中女神。

因為被接住了。

被一隻手給接住了。

明明就是一株植物，卻長出了手，這隻手，竟然就這樣接住了蒼蠅王的拳頭。

「你！」蒼蠅王眼睛大睜，因為他看著那植物從種子開始快速往外生長，不到一秒鐘的時間，就完成了它的形態。

而且這形態，蒼蠅王非常熟悉，熟悉到令他咬牙切齒。

「原來，我養植物，會養成這樣啊？」女神笑，「或許它也反映了我現在最煩惱的對象吧！」

因為這雜草的形態，竟然就是蒼蠅王。

只是這株「蒼蠅王」通體泛白，全身上下包含衣服都不是真的布料，而是植物模擬出來、以假亂真的形態。

「好樣的，阿努比斯啊！就連你不在現場，也可以威脅戰局啊！」蒼蠅王怒中帶笑，再度揮拳，但這拳又被對方以相同拳勁、相同力量完全接住。

對方，根本就是完全模仿蒼蠅王而誕生的。

百分之一秒內一萬四千三百六十四拳的重轟，換回來完全相同一萬四千三百六十四拳的回擊。

一模一樣，該死的一模一樣啊！

「阿努比斯，你果然和少年H一樣，令人放心不下啊。」蒼蠅王收拳，他以眼角餘光，看見女神帶著淡淡的笑意，手掌一翻，那本封面古舊、深黑色的書皮隱然掀動。

死者之書？要被女神打開了？

蒼蠅王右拳緊握，這一秒鐘，凡事老謀深算的他至少想出十八個擊倒這個「雜草蒼蠅王」的辦法，但，每一個都來不及，來不及阻止女神打開死者之書，所以……

只能用第十九個！

最快，但也最消耗靈力的一個！

「妳有死者之書，我有死海古卷！」蒼蠅王往後一退，同時手往前一劃，他手劃過的地方，竟然出現一個被打開的古老卷軸。「死海古卷之，四個惡魔。」

四個惡魔！

只見死海古卷中浮現了四隻黑色拿著巨大鬼叉，頭上長著尖角，屁股後有著一條帶著箭頭尾巴的惡魔。

這些惡魔的形象接近西方世界中，專門騙取人類靈魂的惡魔。

「雜草蒼蠅王」表情一愣，才剛出生不久的他，雖然擁有和蒼蠅王匹敵的肉體，卻完全沒有和靈力魔法戰鬥的經驗。

四隻惡魔在空中盤桓旋轉，發出尖銳且吵雜的笑聲，而就在「雜草蒼蠅王」不知所措之際，惡魔們忽然一起手牽手，朝著「雜草蒼蠅王」暴衝而來。

轟然一聲，四隻惡魔在碰到「雜草蒼蠅王」之際，同時爆炸。

其爆炸威力之強，令「雜草蒼蠅王」應聲粉碎，其爆炸的範圍，更擴張到整個台北車站大廳。

這聲爆炸，更從數十台攝影機中傳了出去，引來數百萬個玩家同時的驚嘆。

但這數百萬個玩家更注意的，是女神的動向。

那本書呢？

那本看起來好強、好強，強到所有古物迷都不自覺被吸引，好想買下來收藏的「死者之書」呢？

打開了。

那本書就要打開了。

女神的纖手輕拉，眼看就要翻開書皮。

「吼。」蒼蠅王回身，再度舉起拳頭，百分之一秒，一萬四千三百六十四拳的拳速，完全展開。

中了。

打中女神了。

但這一次，女神真的沒有動，她只是笑，有點抱歉、又有點惡作劇得逞之後調皮的笑。

「力量牌。」女神吐了吐舌頭，「死者之書啊，讓這個認真的傢伙，見識到真正的力量，該長什麼樣吧？」

力量牌！

蒼蠅王咬牙，他記得這張牌，就是這張牌，在女神的神力推動下，把整個獵鬼小組一口氣全部擊潰。

然後，蒼蠅王感受到了，他的面前升起了一股透明的力量之牆，力牆不斷往上拔升，越拔越高，當力量牆頂到了台北火車站的天花板，轟隆一聲，力牆於是開始往前水平推移。

挾著凜冽之威，挾著不容阻擋的威勢，朝著蒼蠅王往前推移。

「厲害。」蒼蠅王吸了一口氣，「三成的女神，還有這樣的力量？」

「過獎。」女神甜笑，手上那張畫著一頭獅子的力量牌，閃爍傲然白光。

「看樣子，要想阻止死者之書，終究只能靠我們基督神系的，死海古卷了！」說完，蒼蠅王身體的紫氣再現，手心握住那古老卷軸，二度在他面前開啟。

此刻的蒼蠅王眼睛瞪著這堵力量之牆，縱使女神成功突破了自己設下的陷阱，打開了死者之書，但蒼蠅王臉上卻仍看不到半點動搖。

卷軸打開，浮在蒼蠅王的面前。

「力量之牆嗎？那得用二十一隻惡魔了。」蒼蠅王吸了一口氣，這次將卷軸拉得更長，已經繞了他身體半圈。

二十一隻惡魔。

二十一隻提著大叉，帶著箭頭尾巴的惡魔從卷軸中衝出，他們嘻笑著、他們尖叫著，然後手牽著手，衝向了眼前的力量之牆。

轟轟轟轟轟……連續二十一聲不斷的猛烈爆炸，所有的惡魔都粉碎在力量之牆前。

而牆沒有停，依然前進著。

惡魔粉碎的一幕，透過攝影機，傳到了台南某個正站在赤崁樓前方的玩家的手機中。

「啊！這個叫做蒼蠅王的臭臉傢伙，招數完全失效了！」這個玩家買了招牌蒸肉圓正在吃著。

旁邊的玩家則搖頭，「不一定喔。」

「怎麼說？」

「因為那二十一個惡魔撞擊的位置，都不同。」另一個玩家觀察細微，「根據我的觀察，那是一個惡魔魔法陣的圖形。」

「啊？」

「所以，勝負現在才開始！」

台北火車站。

力量之牆承受住了二十一隻惡魔的爆炸，已經如一個巨人，轟隆轟隆的來到了蒼蠅王的面前。

但蒼蠅王卻絲毫不退，只伸出食指，輕輕按住力量之牆，說，「崩。」

崩。

力量之牆，這堵曾經讓獵鬼小組全軍覆沒的力量牌，竟在蒼蠅王的食指前，迸出一條又一條宛如蜘蛛網的裂紋。

隨著牆不斷前進，裂紋更是不斷擴散，甚至擴散到了整個牆面。

終於，牆塌下。

剛好塌在往前步行的蒼蠅王的背後。

只見蒼蠅王霸氣步行的姿態外圍，盡是滿天飛落的牆瓦，好一個強者出招的畫面，這畫面看得一旁的九尾狐是目眩神迷。

「很棒喔。」女神翻著身前的死者之書，露出讚許的表情。「二十一隻惡魔排出的陣法，竟然能夠破壞力量之牆？」

「這是我死海古卷的力量。」蒼蠅王往前踏步，來到女神面前，「剛剛第一局看起來是平分秋色，我們要進入第二局了嗎？」

「是啊，第一局的結尾是我打開了死者之書，你叫出了死海古卷，」女神微笑，「我們都亮出了寶貝，是該進入第二局了。」

「嗯。」

「不過，我還是懷念千年前的你，那時候的你，雖然還是同樣謹慎，但卻沒有這麼狠。」

女神一笑，「看樣子，千年前的那件事，對你造成很大的影響？」

「嗯。」蒼蠅王沒有答話。

「可惜，象神已經走了。」女神手上的死者之書，開始回應她的靈力，閃爍起白色的光芒。「如果他還活著，也許，可以透過最好朋友的身分，把你勸回來。」

「不。」蒼蠅王終於有了反應。「他勸過了。」

「喔?他勸過你?在地獄遊戲出現之前嗎?」女神訝異。

「我和他說，這條路，我一定要走完。」蒼蠅王手中的死海古卷，也開始回應他的靈力，閃爍出紫色的光芒。「誰也不能阻止我，包括妳，女神。」

「那很好，關於『誰也不能阻止我』的這部分，難得我們有共識。」女神又笑，「我也是這樣想，誰都不能阻止我，包括你啊，蒼蠅王!」

兩個「誰都不能阻止」的絕世高手，此刻，正在台北火車站，在數百萬雙眼睛的見證下，即將進入戰役的第二局。

數十台攝影機對著台北火車站的大廳，正轉播著這場女神與蒼蠅王的對決。

「這個蒼蠅王到底是誰啊?真是他媽的強。」一個玩家手上戴著金色的商人戒指，正在新竹北埔附近打怪，這裡的怪有的通體橘色，長得圓圓胖胖，叫做「柿子乾怪物」;有的身上掛著魷魚、豆干，加上一點肉絲，叫做「客家小炒怪物」;厲害一點的，全身上下都是綠色，叫做「擂茶怪物」。

不過，無論這些怪物多厲害，還是被這群玩家打敗了，而且還被順便吃下了肚子裡面。

「等等，我拜一下 Google 大神。」另一個玩家拿出了手機，開始上網。「蒼蠅王、蒼蠅王……他好像是屬於舊約裡面的惡魔欸，撒旦手下最強的惡魔，看樣子很有來頭喔。」

「這麼酷？」一個正蹲在地上吃著柿子乾的玩家，露出遇到美食的滿足笑容。「剛看女神的名字，伊希斯，好像是取自埃及最崇高女神的名字？」

「哈哈，一個基督教的超級惡魔，對上埃及神系的當家女神，」正在 Google 的玩家發出嘖嘖的聲音，「沒想到，這個單挑賽，會變得這麼有趣？」

「對啦，那你們打算加入女神那隊嗎？我看好多人去報名了。」一個玩家問。

「女神很正，我很心動。」

「可是，如果女神破關怎麼辦？」另一個玩家轉頭問。「這樣好容易喔。」

「但我想看破關畫面，這遊戲玩好久了，都還沒人有破關欸。」又一個玩家說話。

「我比較欣賞這個叫蒼蠅王的。」這玩家是個女生，她的眼神比較多時間停留在蒼蠅王身上，「而且猛男身材好誘人。」

「你們看，你們看。」這時，有個玩家拿著手機，像是發現什麼似的，把手機舉了起來。「你們看這次的黎明的石碑。」

黎明的石碑，正是地獄遊戲的公布欄，裡面會有著遊戲本身的設定變更，更重要的是，它也是玩家們的討論區。

舉凡重要的十大熱門話題，都會出現在黎明的石碑上。

數小時前，十大熱門話題都被女神這名字完全侵略。

像是「求問，女神是誰？好正。」

「你們要加入女神團嗎？我加入了！」

「我知道女神的現實身分是誰？」（→後來這篇因為發表的人說謊，而被砍掉了。）

「我想當女神的僕人。」（這篇的回應人數還超過加入女神團的人。）

而隨著女神與眾多玩家單挑的場次越來越多，女神的人氣也越來越高，四十萬人數的集團，威脅到長年盤據團隊排行第一的天使團。

直到現在，一個玩家發現了異樣，因為竟然有一個新的話題後來居上，一口氣竄上了第三。

那就是「蒼蠅王是誰？他也成立團隊了嗎？我想加入！」

而且就在數分鐘後，就有玩家成立了粉絲團，瞬間湧入超過三萬名玩家加入，隱然有第二人氣團隊誕生的氣勢。

而隨著女神與蒼蠅王第一局交手的結束，這秒鐘，連原本堅定信仰女神必勝的玩家都動搖了。

因為死者之書雖然看似無敵，但蒼蠅王的一身肌肉加上死海古卷，看起來是有備而來，雙方精彩的第一局交鋒，女神更差點敗北。

不過也有玩家統計出蒼蠅王粉絲團的性別趨勢，赫然發現，有超過八成的玩家都是女性。

而且她們似乎都在蒼蠅王脫下黑色外套的剎那，被蒼蠅王鍛鍊身體的誠意所感動，於是失心瘋的加入了該團，她們的說法是這樣的……

「這個地獄遊戲老是在寫美女、寫正妹、寫辣妹，終於、終於、終於有一個角色，是考慮到女性玩家的福利了！喔耶！」

於是，就在數百萬雙眼睛的注目中，女神與蒼蠅王的第二局，就要開始。

台北火車站的大門附近，兩個男人，席地而坐，兩人面前，是幾個用便當盒盛裝的小吃。

只見這兩個男人，一個拿叉子，一個拿筷子，你一口我一口的吃著便當裡面的小吃。

「我說賽特啊，別老是苦著一張臉，你看看，這地獄遊戲裡面包含了所有的台灣小吃，台灣小吃世界一絕，如果沒有地獄遊戲，我還不知道這裡的東西這麼棒。」拿筷子的男人，大口嚼著臭豆腐，笑著說。

「嗯。」拿叉子的男人，正是賽特，他咬了一大口香腸，點了點頭。「是不賴，關於愛吃這部分，我服你，土地公。」

「對嘛。」土地公笑著，「而且我們坐在這裡，就沒有其他無聊的玩家可以打擾女神和蒼蠅王打架，挺不錯的。」

沒有其他玩家可以打擾女神和蒼蠅王打架？

沒錯，從地面上到處散落的道具來看，應該至少有上百名玩家想要趁虛而入，渾水摸魚，從女神和蒼蠅王的對決中得到利益。

但他們肯定是過不去的。

因為這裡還踩著兩尊超乎想像的怪物，雙 Ace，兩大頂級高手守門，整個地獄大概只有聖佛穿得過這道門吧。

「這些玩家中，有的人好像不是為了打敗女神？而是為了上鏡頭？」賽特踢了踢一個還沒變成道具的玩家屍體。

這玩家屍體與其他玩家最大的不同，就是身上用黑筆大大的寫了幾個字：「我愛蛋炒飯，更愛小英。」

「這就是人類啊，很有趣吧。」土地公笑得好開心，他背後也倒了幾個玩家，他們頭上綁著的是「喝米酒維生，有什麼不好？」「其實我想投給的總統姓周……」

「人類很有趣？蚩尤，你很喜歡人類嗎？」賽特側著頭，眼睛瞇起，瞧著土地公。

「我喜歡。」土地公咧嘴一笑，「他們超級有趣，有喜、有怒、有悲傷、有雀躍、有迷戀、有掙扎與背叛，更有義無反顧的熱血。如果神人魔三界，少了這個一直製造麻煩的種族，我還真的會無聊到無以復加哩。」

「喔，我說你啊。」

「我怎樣？」

「你不一樣了。」賽特淡然一笑，「和聖佛交手時，你不是這樣的。」

「嘿，別這樣說，我和他現在還沒分出勝負哩。」土地公又笑，「雖然我偷偷違規好多次了。」

「呼，蚩尤，說到這個，你不擔心你的女友九尾狐，自己一個人到戰場去啊？」

「賽特啊，那我反問你，你難道不擔心你愛的女神一個人和蒼蠅王單挑嗎？」

「會啊。」

「那你幹嘛不進去幫她？」土地公盤腿坐在地上，右手手肘放在膝蓋，冷笑著說。

而土地公的冷笑中，殺氣翻騰，背後那頭巨大的灰色凶獸隱隱現身。

「因為你會阻止我。」賽特搖了搖頭，叉起一口蚵仔煎，放入嘴中。「我們再打一次，難保不拿出實力，反而弄砸一切，像是毀了地獄遊戲之類的。」

「這就是啦。」土地公收回背後的殺氣，用筷子夾起一塊滷味。「我也擔心，可是你擋在前面啊。」

「呵，所以我們不但是負責擋住所有玩家干擾的守門員……」賽特笑，「我們還是彼此的守門員。」

「正是。」土地公呵呵笑。「我們還是彼此的守門員。」

「挺好玩的。」賽特的嘴角揚起。

「是啊，挺好玩的。」

「第二局，好像要開始了。」賽特眼神瞄向掛在門口的液晶電視。

「是啊，這次就讓我們暫時放下神魔身分，配著這些美食，好好的，享受一場戰鬥吧！」

土地公笑著說，「一場會決定未來千年人魔神三界的超級戰鬥吧！」

台北火車站大廳。

九尾狐在這裡藏匿著，她始終沒有露面，只瞧著眼前的戰局。沒有露面的原因很簡單，此刻的戰鬥勢均力敵，以她的能耐，的確無法對戰鬥造成什麼影響。

所以她繼續等待。

等待這場戰鬥的結果，究竟是誰拿到最後勝利！

台北火車站大廳，數十台攝影機的追逐下，女神優雅輕盈的，拍著手上的死者之書。

「要開始囉，第二局。」女神面前的書，啪答啪答快速翻動。

「女神，在第二局開始前，我要提醒妳，」蒼蠅王冷冷的說，「死者之書的每張牌都代表著絕對的真理，而我卻可以擊潰妳的力量牌，妳可知道這代表什麼意思？」

「請說。」女神面容溫和，眼前的死者之書翻動速度漸漸減慢。

「因為妳的力量只剩下三成。」蒼蠅王看著女神，手上的死海古卷，也一點一點的舒展開來。「力量牌，這種純粹硬拚能量與力量的牌，以妳現在的狀態，恐怕無法發揮全部的實力，所以才會被我找到可乘之機。」

「嘻，蒼蠅王，你怎麼突然那麼好心，還提醒我這件事？」女神面露溫柔微笑。

「因為我等待這場戰鬥已經一千年了，所以我不希望留下任何遺憾，畢竟為了今天，我早就準備好一套劇本。」蒼蠅王態度認真，「記住，妳一旦失手，馬上就會被我找到反擊的機會。」

「對喔，這麼好心啊？」女神笑了笑，死者之書的速度越來越慢，「那換我提醒你，關於你的死海古卷。」

「妳連死海古卷都知道，不愧是情報和能力同樣強橫的女神。」蒼蠅王點頭，手上的死海古卷如同死者之書，亦緩緩被攤開。「請說。」

「死海古卷其實是最早記錄舊約的文獻集，與後期文獻最大的差別，不只在於其內容豐富歷史悠久，更重要的是，裡面同時記載了惡魔的起源和運用。」女神一笑，「而你手上的死海古卷，應該是被你拿到之後，找到了其中奧妙的用法吧？」

「何種奧妙用法？」

「你用來修煉惡魔。」

「喔！」蒼蠅王眼睛閃過一絲讚賞與訝異。「不愧是女神啊。」

「不過修煉惡魔的力量雖強，卻相當消耗時間，而且修煉起來需要不斷使用生物的靈魂交換，是一件恐怖的交易。你現在修煉了幾隻？」女神側著頭，閉起眼睛默數著，「喔，你不錯啊，六十四、六十五，你竟然煉出了六十六隻？」

「厲害，」蒼蠅王佩服的說，「連我修煉的數目，都可以被妳掌握？不過這一切都在我的劇本裡。」

「當真？」女神昂然說，「連我與濕婆戰鬥，最後只剩下三成力量，都在你的劇本裡？」

「呵。」蒼蠅王沒有回答，冷酷的臉上，再度出現一抹自信的笑。

這笑，回答了一切。

「我早就該猜到，當年的地獄列車事件，你是故意引來濕婆的！」同時間，女神面前翻動的書，停了。「好啦，閒聊結束了，我們是該……做點正事了！」

書頁中，是一名穿著深灰色斗篷的老人，他拿著手杖，在山中小徑獨自走著，整張牌，透露出一種奇異的靜謐，彷彿所有的光線到了這幅畫裡面，都會因折射而失去了光芒。

「這是，隱者？」蒼蠅王眼睛瞇起，「第一次出現的牌啊。」

「這張牌，算是滿足了你的預告，不是鬥力量的牌喔。」

「那是什麼牌？」

「是隱形的牌啊。」

只見隱者的牌面高速旋轉，下一刻，牌面周圍的光線都同時扭曲，然後女神就這樣消失在這團扭曲的光線裡了。

消失了，女神消失了。

空蕩的火車站大廳裡面，只剩下蒼蠅王和他的死海古卷，屏息等待著女神的攻擊。

「這場戰鬥我最不能預期的，就是妳的這本死者之書，究竟會出哪一張牌？但這也是最有趣的部分啊！」蒼蠅王冷笑，右手一拉死海古卷，古卷泛起猛烈紫氣，整個打開來。

「是的，這本死海古卷，內藏六十六個惡魔，每生成一隻惡魔，就必須買下一個人的靈魂，所以每隻惡魔都擁有強大的力量。雖然惡魔代價不菲，但為了對付身為神的妳，所有代價都值得！」

蒼蠅王說完，手一拍，「就讓我再召喚其中十二隻惡魔吧！」

六十六個惡魔，剛對付雜草蒼蠅王時，用去四隻，剩下六十二隻。

對付力量牌時，用去二十一隻，剩下四十一隻。

如今蒼蠅王再召喚其中十二隻惡魔，卷軸中，還有二十九隻。

雖然惡魔的數量的確在減少，但蒼蠅王似乎胸有成竹，毫不吝嗇的再度召喚出其中十二隻。

十二隻，一隻接著一隻從死海古卷中爬出，他們搖動著帶著箭頭的尾巴，發出尖銳且吵雜的笑聲，跳到了蒼蠅王的面前。

「十二隻惡魔，掃蕩這個空間吧！看女神還能躲在哪？」蒼蠅王眼中綻放殺氣。「在這裡，把隱形的女神，給找出來吧！」

此刻，可以說是全部的玩家都屏息觀看著這場比賽的結果。

女神隱形了，蒼蠅王再度施展死海古卷，喚出十二隻惡魔，要對這裡進行全面性的搜索，要找出隱形中的女神。

女神會被抓到嗎?而是否一旦被抓到，就會如蒼蠅王所說，遭遇到最危險且致命的反擊？

所有的玩家都在看，甚至包括這一群，正在林口進行另一場激戰的玩家。

他們是阿努比斯、埃及神祇、亞瑟王、德古拉、天使軍團，以及——少年H。

他們也在戰鬥，追著一個名為黑蕊花的寶物，賭上生命戰鬥著。

第三章　林口

這裡是林口某間便利商店前面，這裡發生了一件看似微不足道，卻又似乎很重要的事，那就是……

九指丐被找到了。

他原本以為自己藏得很好，這間便利商店在林口長庚醫院的對面，長年躲藏著一些看起來像是街友的人。

沒有人知道這些街友的來歷，他們遊蕩、閒晃，對市容造成了一些影響，但警察趕了又來，來了又趕，到後來也無可奈何。

有人說，他們是生了病付不起錢的可憐人，只好在醫院旁徘徊，有的則說長庚醫院附近的商圈健全，他們如果乞討，可以討到比較多食物。

無論這群人的來歷是什麼？九指丐藏在這裡，真的很適合，所謂樹木最好躲藏的地方，就是樹林；還有什麼比乞丐躲進街友群裡面，更不顯眼的？

只是，當九指丐暗自得意之際，一個人影，卻在他面前站定了。

這人影，穿著一雙粉紅色的高統靴，那是美麗少女們才會穿著的可愛時尚。

一看到這雙鞋，九指丐就知道自己糟了。

因為，他見過這雙鞋，更見過它的主人，而且坦白說，那是一個令他有點困擾的人。

「嗨。」那人影揮了揮手，「好久不見啦，小九。」

「不要叫我小九啦。」九指丐急忙把髒髒的帽簷壓下，緊張得左顧右盼，「會……會被人懷疑的。」

「吼，你怕被人發現啊？」那人影是個女孩，留著大波浪髮型的女孩，「你不是膽子最大、詭計最多的小九，九指丐嗎？」

「九、九指丐？」九指丐急忙把手指頭放在嘴唇上，緊張得拚命阻止著這女孩，「別叫出我的名號啦，妳會害死我的，小桃！」

小桃，那留著波浪髮型的女孩，果然就是天使團的小桃。

她曾經與九指丐有一面之緣，當時阿努比斯要親自追殺綁走法咖啡的妖怪，於是將胡狼面具給了九指丐，也等於給了九指丐領導上千名遊俠團軍團的權力。

九指丐也不負阿努比斯的託付，率領著遊俠團團員給了薔薇團最後一擊，而整場慘烈的全面戰役中，卻有一個神秘高手混在其中竊取機密。

那神秘高手，正是天使團團員，小桃。

兩人交手，令九指丐留下極深的印象，更私自藏下了小桃要送給阿努比斯的小禮物。

「幹嘛這麼害怕？」小桃那張小家碧玉的臉龐，靠近了九指丐，「對了，我要給夜王的那隻針織娃娃呢？你送了嗎？」

「嘿嘿，我、我……」九指丐其實對現在的自己感到陌生且驚慌，搞什麼？面對這女孩，怎麼連話都說不清楚啊！

「什麼我？吼，雖然那次，我沒有當面戳穿你假冒夜王的事，但你不會連送都沒有幫我送吧？」小桃用手指戳了戳九指丐的胸膛。「你幹嘛不送？你不送把它還給我啊，幹嘛丟掉呢？」

「才怪！我才沒丟！」九指丐說到這，髒髒的臉竟然紅了。

這個曾經手握遊俠團大權，在南陽街展開地獄遊戲史上最大規模的屠殺戰役，後來更多次用盡詭計擊敗對手的陰謀者，此刻面對天使團的小桃，卻像個小孩一樣。

而且他的心情更複雜，因為他不喜歡這樣的自己，卻，又很喜歡這個自己。

這個，和小桃說話的自己。

「你沒給夜王？也沒丟？所以……你一直留在身邊？」小桃在這一秒，食指就停在九指丐的胸膛，她的臉，竟然也悄悄的紅了。

「沒有啦，我是沒丟，但，我找不到了，」九指丐腦袋一片混亂，「對，我找不到了！對，就是這樣！」

但，九指丐沒有說實話，因為那娃娃的確還在，而且就在他的胸口內袋裡。

但最大的不同是，以往九指丐說謊，是出於一種深思熟慮的鬼謀，但此刻說謊，卻是因為一股自己都不知道的情緒衝上腦門。

「找不到了？」小桃聽到九指丐這樣說，也鬆了一口氣。「很討厭，那是我自己織的欸，我在現實世界是幼稚園老師，最會織這種東西給小朋友了！」

「對不起……」九指丐抓了抓腦袋。

「不閒聊啦！」小桃雙手抱胸，帶著一點可愛，又帶著一點威嚴的說，「我要問你，小九，是你親眼看到黑蕊花這道具的誕生，對不對？你帶著黑蕊花遇到了傑森之後，到底發生了什麼事？」

「黑蕊花？傑森？」九指丐聽到小桃說這兩個名詞，一瞬間，他害羞渙散的眼神立刻重新對焦。

黑色的瞳孔瞬間收斂成慣有的精明幹練眼神。

「對啊。」小桃雙手扠腰，「小九，後來呢？黑蕊花呢？」

「嘿，原來妳也是來找黑蕊花的啊？」九指丐嘿嘿的笑著，「在這裡談這個話題，妳不怕嗎？我們夜王阿努比斯老大，啟動最可怕的四十萬大軍人肉搜尋，妳的一言一行，不小心放了一個屁，拉什麼顏色的屎，都逃不過人肉搜尋的眼睛喔。」

「拉了什麼顏色的屎？」小桃搥了一下九指丐的頭。「你講話最好可以再髒一點啦！這樣會被女生討厭喔。」

「妳……」九指丐揉了揉頭，他啊，實在對這女孩莫可奈何啊。

不過另一頭，小桃卻也感到一股奇異的感覺，為什麼她欺負起這個奸詐狡猾的老狐狸，就是可以這麼輕鬆自在呢？

「告訴你，我才不怕人肉搜尋，這裡如果有敵人，肯定馬上被我們幹掉。」小桃雙手扠腰，得意的說。

「馬上被『你們』幹掉？」九指丐聽到這，眼睛微微瞇起，厲害的他，馬上意識到小桃為何有恃無恐？

她，還有一個援軍？

而且這援軍的實力肯定很強，強到可以獲得小桃百分之百的信任，強到以自己的敏銳度，竟然到現在都沒發現此人的存在？

然後，當九指丐瞇眼環顧了現場人群一眼，發現一雙眼睛正在人群中與他對看，瞬間讓他感到渾身戰慄。

那是一雙很美的金色眼珠。

又美又深邃，宛如無光的洞穴裡，優雅且安靜的隱藏在洞穴深處的一雙野獸眼睛。

那是蝙蝠的眼睛。

「吸血鬼女？是吸血鬼女？！」九指丐的背脊整個發涼，「小桃，妳的夥伴，是獵鬼小組的吸血鬼女？」

「哎，小九，你好厲害，你怎麼知道？」小桃的大眼睛眨啊眨，「你認得吸血鬼女？」

「當然認得。」九指丐的嘴唇有些泛白，吸血鬼女可是所有黑榜妖怪上又恨又愛的特級高手。

妖怪捕獲率，百分之九十四，在地獄列車遇到德古拉之前，吸血鬼女幾乎從未失手過。

曾身為黑榜群妖的九指丐，自然知道吸血鬼女的厲害。

「你的表情很害怕欸。」小桃往後瞄了一眼，此刻的吸血鬼女已經隱沒回人群之中。「那女人有這麼厲害嗎？」

「唉，妳不懂，當過小偷的人，天生就是會怕警察。」九指丐苦笑了一下，「等等，妳和吸血鬼女一起，不就表示……天使團和獵鬼小組結盟了嗎？」

「小九，你很聰明，我們結盟了。」小桃笑。

「最強的政府小組和最強的地獄遊戲團隊結盟啊，感覺很不錯，值得投資值得投資。」九指丐咧嘴笑，「如果對手不是女神，我肯定會加入。」

「哼，我們才不怕那個什麼女神的非現實玩家。」小桃雙手再度扠腰，「那我剛剛問你的問題呢？」

「什麼問題？」九指丐故意裝傻。

「別故意裝傻，你拿到黑蕊花之後，被傑森攔截，後來發生了什麼事？」小桃瞪著九指丐。

「當然是打了一場架。」

「誰贏？」

「如果是我贏，我幹嘛躲在這？」

「那黑蕊花呢？」

「我都輸了，怎麼可能還在我手上？」九指丐雙手一攤。

「真的？」小桃滿臉狐疑。「真的嗎？以你狡猾的程度，就算真的打不過，不會想辦法偷拐搶騙，把黑蕊花給留下來嗎？」

「妳不相信我！我就證明給妳看！」九指丐說完，倏然站起。

「你要幹嘛？」

「證明給妳看！」九指丐說完，啪的一聲，全身上下的衣物，都同時脫了下來。

一絲不掛。

只露出那有點消瘦，但仍算不差的身材。

「啊啊啊啊！色狼！暴露狂！」小桃被嚇得措手不及，只能急忙用雙手摀住眼睛，然後本能的把腳抬起來，並朝著九指丐的胯下用力一踢。

這一踢，給了九指丐，不，是全世界所有男生最脆弱的部分，一個毫不留情的重擊。

「痛……痛痛痛……好痛痛痛……」九指丐痛得跪坐在地上，嘴角還冒出陣陣白沫。「我只是……想證明……黑蕊花……不在我身上……妳幹嘛突然下重手……」

「那也不用脫衣服啊！」小桃驚魂未定，忍不住用腳又踹了九指丐好幾下。「嚇死我了。」

「那妳明白，黑蕊花不在我手上了吧？」胯下的劇痛，讓九指丐痛得語調變得尖銳異常。

「嗯，我知道了啦。」小桃哼了一聲，她在那堆被九指丐突然脫掉的衣服裡面，的確沒有看到黑蕊花，但她卻看到了另一個熟悉的東西。「咦？」

「怎樣？」

「針織娃娃？」小桃訝異。「你沒弄丟？」

「呃——」九指丐的臉再度紅了，再度開始言不由衷，「啊，我沒注意到，原來我一直放在身上，哈哈，真是尷尬，哈哈。」

「是喔。」小桃拿起針織娃娃，嘴角微微一笑，「那我收回了喔，因為我另有用途。」

「是喔？」九指丐難掩失望，但仍只能接受，「妳的用途是……送給別人嗎？」

「是啊，我要送給別人。」

「送……送誰呢？」九指丐知道自己不該再問下去，但就是壓抑不住內心酸酸的感覺，繼續問了。

「要你管。」

「好啦，我管太……」九指丐眼神朝下，嘆氣。

「嘻，我要送的人遠在天邊，近在眼前，」小桃雙手捧著針織娃娃，拿到九指丐的面前。「送給你吧。」

「啊？」九指丐滿臉驚喜。

「你也帶著它那麼久了，就讓它跟你了。」小桃笑了，甜甜的笑著，她可以感覺到自己的臉也熱了。「反正它搞不好也髒了，我拿回去也沒意思。」

「謝謝啦。」九指丐雙手接過這針織娃娃，笑得開心。

此刻很奇妙，一個是縱橫黑榜多年、讓政府頭痛的狡猾高手，一個是天使團的雙翼天使、掌握冰系力量的超級女戰士。

他們兩人，竟然像是一男一女的小學生相約在學校陽台上，彼此交換禮物時，那種緊張又溫暖的氣氛。

「既然黑蕊花不在你手上，傑森也死了，黑蕊花又被一隻埃及的蛙神給搶走了，那就沒人會來問你傑森的下落了。」小桃一笑，「你不用躲了，繼續玩這個遊戲吧，你知道最近出了好幾種有趣的道具，像是女神剛在轉播時用過的雜草的種子，現在賣到缺貨……」

「不了不了，為人低調，」九指丐把髒衣服穿上，縮回了街友的角落。「我還是再躲一下好了。」

「喔，那以後我該怎麼找你呢？」

「嗯，這個嘛。」九指丐想了一下，「妳隨便找一個街友，然後問他：『九袋的在哪？』通常妳問三個，至少會有一個知道。」

「三分之一？你騙人的吧？」小桃睜著大眼睛。

「我怎麼會騙人？」九指丐笑。「妳看我像是會騙人的人嗎？」

「才怪，騙人才是你的本行吧。」小桃哼的一聲，「算了，反正到時候總有辦法找到你。」

「好啦，我給妳我的手機，想找我，撥這手機號碼就對了。」九指丐手指快速在地上寫了一串字。

數字是，「09-8549-8549」

「你的電話好怪，後面四碼8549重複兩次欸。」小桃拿起手機，將這組號碼快速的輸入通訊錄中。

「呵呵，小桃，」九指丐露出一個古怪的笑容，「這場搶奪黑蕊花之戰，倘若真的打到最後無計可施，記得打我的手機。」

「打到最後無計可施，打電話給你有什麼用啊，你以為自己很厲害嗎，這是夜王等級的戰鬥欸？算了，反正黑蕊花不在你手上。」小桃一笑，轉身就要走入人群中。「我等會兒和夥伴說一下，他們就不會追殺你了。」

「謝啦。」說完，九指丐起身，往街友群中擠了進去，轉眼就消失了蹤影。

「不客氣。」說完，小桃也轉身，朝著吸血鬼女所在的人群走了過去。

他們這次的分開簡潔俐落，不拖泥帶水，不只是因為他們身上各自背負著任務，更因為他們心裡都有一種感覺，他們還會再碰面的。

在這個風起雲湧，激戰不止的地獄遊戲中，他們肯定還會再碰面。

林口的另外一頭，來自南埃及神系的蛙神，剛剛解決了傑森，正得意洋洋的在林口的道路上跳啊跳的，他要把黑蕊花交給他的頂頭上司「眼鏡蛇神」，然後再交給阿努比斯。

而且他深信，只要他完成這個任務，從此女神就會獨愛南埃及神系，北埃及神系今後再也抬不起頭來。

不過，蛙神的快樂時光並沒有持續多久，因為，他的面前滾來了一個東西。

橘黃色的，在地上邊跳邊滾，滾過了整條街，最後落到了蛙神的腳邊。

「嘓，這是啥？」蛙神低頭，皺眉。「哪家小孩打籃球，打完亂丟，還掉在路上？」

只是，當蛙神踢了一腳籃球，又要繼續往前之際，忽然，一個聲音傳來。

「不尊重籃球，」那聲音低沉渾厚，「是會被籃球之神捨棄的。」

「籃球？籃球之神？」蛙神哼的一聲，完全沒把那聲音放在心上，「我是青蛙之神欸，籃球之神有什麼了不起的？他可以一吐舌頭連吸住二十一隻蚊子嗎？他會邊放屁邊跳水嗎？」

「是嗎？」那聲音低沉的笑著。「那我就讓你看看籃球之神的能耐吧！」

說完，青蛙之神突然身體一抖，然後猛力往回看去。

他會抖，是因為他感受到了殺氣。

殺氣，就來自那個聲音，那個單手握著籃球、一個巨大的身影中。

「你是誰？」此刻，蛙神突然意識到，此人絕非等閒，但奇怪的是，他卻沒有感受到任何妖怪神魔的靈力。

雖是如此，此人卻散發出凌駕群魔的霸氣，一種主宰全場的驚人霸氣。

「我是一個熱愛籃球的人類，我的代號是二十三號。」那人笑了，同時右手拍球，邁開步伐，朝著蛙神狂衝而來。

看著這人朝自己衝來，曾經身為神祇的蛙神，卻感到一陣窒息。

因為，這人的氣勢也太強了吧。

他的腳步極快，每次拍球更宛如地牛怒吼，展現出一種極具威勢的節奏，更可怕的是他的直線衝刺，讓他彷彿瞬間巨大化，壓得蛙神喘不過氣來。

「開玩笑，我可是蛙神！我出生的時候，你可能連第一次投胎都還沒開始哩！」蛙神大吼，嘴巴大張，一條沾滿唾液的鮮紅色舌頭，從口中猛烈竄出。

鮮紅色的舌頭，曾經在暗巷中追逐著傑森恐懼的背影，如今更成為蛙神打算扭轉氣勢的超級武器。

可惜，這次他的對手不是那個滿身肌肉的傑森，他的對手雖有滿身肌肉，卻將肌肉化成更具彈性、更具機智、更有殺傷力武器的，二十三號。

只見他一個急轉身，右手回勾籃球，身體轉了完美的半圈，就這樣靠著籃球最基本、也最華麗的「轉身技巧」，精彩的閃過了蛙神的舌頭。

閃過了舌頭，二十三號再度回復成衝刺姿勢，朝著蛙神而來。

「被閃過了?這傢伙剛剛的動作是怎麼回事?怎麼在發光啊?」蛙神叫了一聲，急忙收回舌頭；舌頭一回，蛙神決定改變策略。

這次他不出舌頭，他要吐唾液。

如同砲彈般快速且銳利，一碰就會成為小青蛙溫床的唾液。

「呸!」蛙神嘓的一聲，第一發唾液砲彈射出。

二十三號腳步一換，就是一個轉身技巧，躲過一發砲彈。

同時間，再度逼近蛙神，距離只剩十公尺。

「呸!」蛙神表情驚慌，又吐出第二口砲彈，包含著蠕動蛙卵的唾液，距離更近、風險更大，轉眼已經到了二十三號的面前。

再轉身。

二十三號到此刻，依然保持著完美的身體平衡，以一個幾乎不可能的角度的轉身，再度避開了這一次的唾液。

距離，剩下三公尺。

「距離越短，我的唾液越危險，看你怎麼躲!」蛙神冷笑，張開了嘴，裡頭的黏液迅速在舌尖回轉盤旋出一枚圓球狀的唾液。

舌頭微微往後一縮，然後崩的一聲，唾液陡然爆出。

帶著猛烈的旋勁，宛如一枚嗜血的砲彈，朝著二十三號而來。

三公尺。

砲彈射完這三公尺，可是只需要眨眼這麼短的時間。

二十三號沒有轉身，因為距離太短，就算是最完美的轉身技巧，也避不開這瘋狂的砲彈了。

噗的一聲，砲彈發出悶響，這是確實擊中敵人的聲音。

「哈哈，死定了吧笨蛋！」蛙神嘓嘓的笑著，「不過是一個人類，這麼臭屁？什麼不尊重籃球之神？我看 Div 老是拖稿斷頭，寫作之神也沒對他怎樣？」

只是，當蛙神得意的要轉身離去的同時，他卻聽到了後腦杓傳來異聲。

這聲音尖銳高亢，像是大鳥從地面展開雙翅，拔地而起的破風聲。

破風聲逼近，蛙神微微愣住，急忙轉頭。

在他眼中，一顆橘黃色的球越來越近、越來越大。當大到了極限，下一秒，蛙神的頭，就這樣突然爆開了。

瞬間，化成千百滴混著唾液的鮮血，在空氣中爆開了。

只是，這隻蛙神至死都搞不懂的一件事，那就是，自己的頭究竟是怎麼被打爆的？而自己的唾液砲彈明明就擊中了這個人類，為什麼他卻能安然無恙？

剛剛唾液擊中二十三號男人的零點一秒，究竟發生了什麼事？

「好球。」街角，一個身穿黑色真皮外套，外表粗豪的男子雙手鼓掌。

「過獎。」二十三號從地面上撿起了沾滿些許唾液的籃球。「狼人Ｔ。」

「剛剛那個零點一秒，堪稱傑作，先以籃球擋住大青蛙的唾液，讓他以為自己得手了，最後再一鼓作氣飛躍半個籃球場，對著他的頭，給予爆裂式的重擊。」狼人Ｔ倚著街角，笑著，「最後一招叫什麼名堂？」

「罰球線起跳灌籃。」二十三號把玩著籃球，「這可是籃球場上被封印的絕技。」

「果然厲害，籃球果然是一個變化成格鬥的兇狠運動。」狼人Ｔ蹲下，在沒有頭顱的蛙神身上，搜尋著那已經讓兩人喪命的神秘道具，黑蕊花。「就讓我們接收這蛙神的寶貝吧。」

「嗯。」二十三號玩弄著籃球，這顆籃球在他手上，滑滾游移，彷彿就是他雙手的一部分。「挺容易的啊，我以為比爾和少年Ｈ口中的女神陣營，有多厲害哩。」

只是，就在二十三號沉浸於勝利喜悅的同時，狼人Ｔ卻咦了一聲，「咦？」

「怎麼？」二十三號問。

「沒有，」狼人T眉頭皺起，「沒有黑蕊花？」

「沒有？」二十三號一愣，右手的球頓時抓緊，靈力更是猛力灌注，準備迎戰接下來未知的狀況。

只是，眼前的狼人T卻露出了調皮的笑。

「騙你的啦。」狼人T一笑，手掌一翻，掌心中是一朵看似嬌弱的黑蕊花。「我剛找到啦。」

「哼，原來你這頭大狼也會玩這個花樣？」二十三號也笑了。

「和你學的，籃球中，不是有一個假動作嗎？」狼人T微笑，「以假亂真，以真惑假，不就是假動作的精髓嗎？」

「是啦。」二十三號點頭，「你快要學會籃球的精髓了。我們快點回去吧，我記得比爾有提醒我們，一拿到花就趕快回到大本營，在外頭遊蕩太危險了。」

「嗯。」狼人T把花收進懷中，用力點頭。

只是，狼人T才走了幾步路，就猛然抬頭，張大嘴巴，訝異了。

「二十三號，小心……」

「什麼小心？」二十三號轉頭露出雪白牙齒的笑容。「你又要來假動作了嗎？故事『狼來了』裡面是小孩子在騙人，哪有狼自己在騙人的？」

「不是！」狼人T放聲大吼，這次的表情絕非造假。「你的腳，二十三號，你的腳下有刺客啊！」

刺客？腳下的刺客？

這一秒鐘，二十三號急忙低頭，然後他看到了，這個該死而可怕的刺客，還真的從他的腳下發動了啊！

刺客，來自腳下，二十三號果然發現自己的腳下，出現了異狀。

「這是？」二十三號低頭，他的腳下出現了漩渦，原本灰髒的水泥地板，竟然出現一圈一圈正在流動的漩渦。

「危險！快離開那裡！」狼人T在吼聲中，發足狂奔，朝二十三號的方向衝去。

「可惡。」眼見二十三號就要跳起，但地面上的漩渦，卻已經實體化。

原來那不是漩渦，那是一條蛇。

一條全身佈滿了王者的黑白色斑紋，在森林與沼澤裡，讓所有動物都為之色變的毒中之王，眼鏡王蛇。

眼鏡王蛇吐著蛇信，從水泥地板中蜿蜒而起，眨眼就盤繞住二十三號的下半身。

「幹掉了青蛙，現在換眼鏡王蛇嗎？」二十三號怒笑，雙手高舉籃球，靈力瞬間灌飽了籃球，讓一顆普通籃球變成足以獵殺任何生物的暴力兇器。「那我就來一隻幹掉一隻，來兩隻幹掉一雙吧！」

然後，二十三號手使勁一甩，強大的離心力配上鋼鐵般的籃球，直砸向眼鏡王蛇的頭顱。

這次，眼鏡王蛇沒有訝異、更沒有驚恐，只有露出一抹陰森的笑。

「看我眼鏡王蛇的絕招之一，絞。」

又是爆開的畫面。

只是，這次爆開的不是眼鏡王蛇的頭部，而是籃球，還有……

二十三號拿球的右手。

「二十三號！」狼人T發出悲鳴，發狂般衝向眼鏡王蛇，但卻遲了一步。

剛剛短短的一瞬間，眼鏡王蛇的利齒閃爍，在電光石火間咬破了籃球，然後蜿蜒盤繞上二十三號執球的右手。

剎那，二十三號粗壯如樹幹的右手，像是毛巾一樣整個扭轉，血液從絞動的紋路中噴濺了出來。

廢了，二十三號的右手肯定廢了。

「吼。」二十三號痛嚎，而同時間，狼人T終於來了。

他腳步邁開，高高躍起，右手的爪子綻放凜冽冷光，朝著眼鏡王蛇直插下去。

「不夠看啊，咯咯。」眼鏡王蛇嘻嘻的笑著，修長身體快速盤動，上頭細緻的黏膜，竟讓狼人T的爪子滑了。「這是我眼鏡王蛇的絕招之二，鱗。」

鱗，這招同時具有硬如鋼鐵的蛇甲，與卸去敵人力量的滑液，讓狼人T的爪子完全失效。大自然裡動物決鬥，瞬間就能決定生死，荒野之狼與沼澤之蛇的對決，這種瞬息萬變的戰局，只要一個疏忽，馬上就會讓獵人與獵物的角色對調。

轉眼之間，眼鏡王蛇已經繞上了狼人T的爪子，再度擰轉。

「可惡。」在這驚險萬分的一秒鐘，狼人T即將面臨與二十三號相同的命運，他知道只要將右臂白狼化，就可以輕鬆抵禦眼鏡王蛇的絞殺。

但他的右臂上的毛色沒有絲毫變化，因為心臟沒有任何反應，這顆來自西兒的心臟，沒有任何的反應。

為什麼？在這個生死一瞬間，狼人T數日前的回憶紛至沓來。

數日前，天使團的基地。

當獵鬼小組遭到女神全面擊潰，與天使團結盟之後，狼人T開始感覺到些許的不對勁，這不對勁的起源，就是他的心臟。

這顆西兒的心臟，來自當年在倫敦的霧巷中，狼人T與開膛手傑克進行了一場殊死追殺，更使得狼人T一生摯愛的西兒，捐出了自己的心臟。

也因為這顆靈力飽滿的心臟，讓狼人T多次死裡逃生，無論是面對濕婆之子孔雀王，或是戰場上的猛將李牧，都是這顆心臟透過白狼化與開啟亞空間之門，救了狼人T。

但如今，狼人T卻完全沒有感覺到心臟那澎湃的靈力。

雖然它仍緩慢的且規律的守護著自己的身體，但卻少了那種強大溫暖、籠罩全身的感覺。

這一切的不對勁，好像就從與女神對決那時開始，西兒的心臟放盡全力，卻擋不住女神的力量牌，狼人T白毛全部潰散，從此這枚心臟，就宛如黑夜般沉寂了下來。

後來，因為比爾要求對所有獵鬼小組的成員進行程式分析，狼人T更趁機詢問比爾關於這顆心臟的問題。

比爾聽完了狼人T的描述，特別打開狼人T的程式，找到上面心臟的位置。

然後，比爾露出興趣盎然的表情。「從你的心臟來看，你的身體很有趣。」

「有趣？」狼人T皺了皺眉頭。

「你現在的身體裡面其實有兩組程式共存，一組是你自身的主程式，這程式編排極度簡單，但也因為簡單，所以讓你擁有很高速的復原力以及體力，這真是一個不錯的程式。」比爾瞇著眼睛看著狼人T的主程式，「但有趣的，是你第二個程式。」

「第二個程式？」

「你的心臟，是第二個程式。」

「我的心臟，和我主程式的結構不同？」

「是的，而且是完全相反的概念欸，你的主程式捨棄了所有複雜的概念，將一切變為簡單；而你的心臟，卻極度複雜，至少有兩萬個小程式互相架構，光一個心臟的程式容量就是你身體的兩萬多倍。」比爾一笑，「這也是這顆心臟這麼強的原因。」

「聽不懂啦。」狼人T聽得一頭霧水，人的身體哪會有複雜和簡單之分？不就是一堆肉和骨頭的組合嗎？

「呵呵，你主程式這麼簡單，要你聽懂這麼複雜的概念，是不可能的，哈。」比爾笑，「但你的心臟雖複雜，但卻能在短時間內創造超高的能量，絕對是一個傑作。只是，這高能量的心臟，卻伴隨了一個風險……」

「風險？」

「這風險剛好就是你主程式的優點，」比爾滔滔不絕的說著，一點也不管狼人T已經雙眼無神，進入了自己的世界。「簡單所以復原力強，複雜所以容易故障。」

「容易故障？」狼人T終於有點聽懂了，他忍不住摸了摸自己的心臟，「所以它現在壞了？」

「說故障，也不盡然全對喔。」比爾微笑，「它現在似乎處於休眠的狀態。」

「休眠的狀態？」狼人T問。

「是的，但詳細原因我也不清楚，似乎是承受到某種超乎想像的能量衝擊後，程式為了自保，所以自行關閉了。」比爾說，「我只能說，這顆心臟，堪稱是一個造物者的奇蹟啊。」

「關閉了……那我要怎麼樣才能重新打開它呢？」

「這程式很複雜，要重新開啟它，恐怕有其獨特且困難的手法，我暫時把它命名為『密碼』吧，而且我猜……」比爾笑著說，「密碼，肯定就在你的身上。」

「我的身上？」

「這也是我的猜測啦，我會幫你進行模擬，尋找這把開啟程式的鑰匙，」比爾快速敲著鍵盤，「但因為這程式實在複雜，裡面至少有兩萬個運作機制，超過十萬個控制器，換算起來是好幾億種組合，就算是以超級電腦來跑，大概也要跑一兩個月吧。」

「哇，這麼久？」

「但你別擔心，我是比爾，一輩子都和程式為伍的奇蹟創造者，我一定會找到規律的，至少提早一半的時間，不過……我必須要說，我真正期待的，倒不是如何解開它，」比爾雙眼放光，似乎見到了某個讓人欣喜的玩具，「而是解開它以後的樣子。」

「解開後的樣子？」聽到這裡，狼人T忍不住皺眉，他內心浮現一種感覺，就是這個比爾和少年H竟然有幾分相似。

同樣少年的外表、同樣從容且自信的笑，還有同樣深不見底的實力。

但，就是有一點不太一樣。

比爾的態度和少年H那種歷經歲月的寬厚，完全不同，比爾的自信來自於絕頂的聰明和少年得志的狂妄，所以，狼人T不喜歡比爾。

至少，狼人T比較喜歡少年H。

「是啊，這程式雖然已經進入休眠狀態，但一些很基礎的程式其實仍在緩緩運作，所以說，它還活著。」

「活著……」

「不能說活著，應該用另外一個詞，另一個我不太喜歡用、但卻最適合形容這種狀況的語詞。」

「哪個語詞？」

「進化。」比爾注視著電腦上的程式運作，露出驚嘆的表情。「沒錯，這顆心臟，正在自行進化。」

「啊？」

「也許是因為被女神的力量所衝擊，讓它啟動了自身的進化機制，」比爾笑。「我必須再說一次，它真是一個造物者的奇蹟，傑作！」

「嗯。」

「不過你也必須找到鑰匙打開它才行，但我能大膽假設，當你打開它時……」比爾抬起頭，露出與少年H幾分神似的自信笑容，「你肯定會因此驚喜無比。」

狼人T忍不住按住自己胸膛的心臟位置。

西兒，是妳嗎？是妳在進化嗎？妳為了保護我，而關閉自己的程式，進行自我的進化嗎？

西兒……

我想念妳，西兒。

時間，拉回現在。場景，拉回地獄遊戲的林口街道。

南方埃及神系中，最強大的眼鏡蛇神——眼鏡王蛇，正對二十三號和狼人T進行虐殺。

先是一招破解二十三號最得意的籃球攻擊，扯去二十三號的右手，然後又盤繞上了狼人T的右臂。

「撕裂開始。」眼鏡王蛇狂笑，同時身體一擰，狼人T的右臂頓時感覺到劇痛。

原本這時，狼人T的心臟就應該要因感受到危機，然後灌注強大的靈力到他的手臂上頭，當上面所有的毛髮都因此轉變成白色時……

就是狼人T展開驚人反擊的時刻。

可是，這個時刻沒有到來。

因為心臟仍沉睡著。

西兒的心臟，仍未找到足以開啟它的衝擊程式。

眼看，狼人T的右手就要如同二十三號的手般變成一攤爛泥，這時，他的眼前突然閃爍著幾顆白色的球體。

這白色球體的形狀如同籃球，但速度和威力卻如同砲彈，連續轟擊著眼鏡王蛇的身軀。

因為這次的衝擊，讓眼鏡王蛇微微愣住，而這短暫的一愣，更給了狼人T的右臂一次逃生的機會。

「逃。」狼人T將手一抽，狼狽逃開。

在逃開的同時，他看到了那幾顆光球的來源，是二十三號，果然是二十三號。

只見他的右手已廢，軟軟下垂，僅存的左手，正凝聚著一顆又一顆燦白色的靈力籃球，朝著眼鏡王蛇奮力扔擲著。

而眼鏡王蛇一開始被這光球所驚嚇，但隨即就恢復了正常，只見他輕鬆的扭動身軀，就避開了這些小型炸裂物，而且就算有少數炸裂物碰到了他滿身的蛇鱗，也對他無關痛癢。

「對手挺強的。」二十三號轉頭對狼人T一笑，「以前老愛說，左手是輔助，現在沒了右手，左手就變成主要戰力啦。」

狼人T倉皇退後之後，見到那眼鏡王蛇左右搖擺，悠哉的化回了人形。

一個頭有點禿、戴著墨鏡的中年男子，對著地上失去頭顱的蛙神，露出惋惜的表情。

「老蛙啊老蛙，你跟著我也好幾百年了。」墨鏡男人蹲下身子，摸著地上的蛙神屍體。

「沒想到一下子就被幹掉了，是你太大意了呢？還是太蠢了呢？」

地上的蛙神屍首當然無法回答，只是慢慢的消失，正要迎接每個死亡遊戲玩家的宿命，變成各式道具。

「沒關係，幸好你遇到了我，我會讓你的死有價值。」墨鏡男笑著笑著，嘴巴慢慢的張開。

鮮紅的蛇信在他的口腔中吞吐。

「那就是，讓我吃飽。」這秒鐘，墨鏡男的脖子一伸，蛇信一捲，竟將這個蛙神屍體全部吞入口中，「你的靈力，就讓我接收啦。」

蛙神雖然是個矮子，但體積也不小，這個墨鏡男竟將他整個塞入口中。

只見墨鏡男的兩頰鼓出一個蛙神的形狀，然後藉由兩頰的慢慢蠕動，那個蛙神的形狀慢慢往下移動，移到了脖子，又移到了胸膛，最後移到了肚子。

越往下移，蛙神的體積也越小，當移到了墨鏡男的肚子時，已經完全不見了。

這個曾經在暗巷中殺敗傑森的埃及動物神，就這樣變成胃袋的營養，可以期待的是，未來會變成一團滋養大地的糞便。

「好噁心的傢伙，連夥伴都吃？」狼人T苦笑，「二十三號，你的手還好嗎？」

「還好。」二十三號搖了搖頭，臉色因為失血過多而慘白。「這傢伙很強，比剛剛的青蛙強太多了，我們取得勝利的機會不大。」

「那怎麼辦？」

「要用戰術。」

「什麼戰術？」二十三號蹲在地上，快速畫了幾個線條。「只有兩個人，能用的戰術有限，先用這個戰術吧。」

「可是……」狼人T看到這戰術，心頭一顫，「你會……」

「別管我。」二十三號看著狼人T，笑了。

「別管你……」

「對我來說，輸，比死亡更令人討厭啊！」二十三號僅存的左手高高舉起，然後手上的靈力籃球開始現形，「戰術十七號，開始！」

戰術啟動，第一個開始移動的，是狼人T。

只見他展現了荒野之狼的輕盈體態，忽前忽後，左右跳躍，對著墨鏡男展開猛攻。

墨鏡男雙手張開，身體再度拉長，再度化成一條巨大的眼鏡王蛇，然後對著狼人T展開反擊。

狼人T攻勢凌厲，原本就適合肉搏戰的他，在對眼鏡王蛇的廝殺中，更將他的優勢發揮到淋漓盡致。

或左攻，或右突，或上削，或下刺，頓時逼住了眼鏡王蛇。

眼鏡王蛇雖然仗著一身滑潤蛇甲，不畏懼狼人T的猛攻，但卻始終抓不住速度全開的狼人T，一時之間形成僵局。

只是，明眼人都知道，這僵局遲早會被打破，而且打破的瞬間，將是無法重傷敵人的狼人T死期。

可是，真是如此嗎？狼人T猛攻之際，他背後的援軍，正在快速成形。

二十三號。

只見他閉著眼，左手托著自己的那顆靈球，靈球的體積雖然始終保持著籃球的大小，但顏色卻逐漸轉變。

從一開始輕薄的燦白色，顏色開始加深，變成了沉重的灰色，然後又從灰色變成不見光的黑色，黑色持續一段時間後，竟然又慢慢轉為白色，白色又變回灰色，最後又到了黑色。

如此白灰黑反覆變化，變化了整整五次。

最後顏色終於停在黑色。

渾濁的黑色中，流轉著一股驚人的霸氣，上面更有著一個奇異的小標誌，標誌是一個人拿著籃球飛起來的影子。

「到最後，我還是把廠商的標誌放到絕招上，也算是仁至義盡了吧。」二十三號笑著，此刻他的臉，竟然虛弱而衰老，彷彿全身的精力都被這顆黑色籃球給吸收殆盡。

「好傢伙，」狼人T斜眼看到那顆黑色籃球，表情驚嘆，「這已經是可視靈波的等級了啊！以生命能量來交換，竟能創造出這麼高密度的可視靈波球？」

就在二十三號的黑色籃球形成，狼人T的處境也險惡到了極致，因為眼鏡王蛇已經習慣了狼人T的速度，他粗長的身體，多次要盤住狼人T的身軀，然後像絞肉機一樣，把狼人T絞成狼人T大餐。

「十七號戰術成功，就是掩護。」二十三號精力耗盡，滿是皺紋臉，露出笑容。「狼人T，注意，換到第三十四號戰術。」

「三十四號戰術？」狼人T一聽，面露凝重，然後往後急退。

這一急退，眼鏡王蛇逮到機會，馬上往前衝去，而這一衝，牠也察覺到了二十三號手上那東西。

純度好高，高到駭人的靈體啊。

眼鏡王蛇眼中閃過一絲驚恐，如果被這東西正面擊中，就算自己修煉千年的蛇甲，恐怕也會全部炸碎而身受重傷吧。

狼人T開始退，但二十三號反而前進，他用僅存的左手，開始拍著這顆黑色籃球，朝著眼鏡王蛇衝了過去。

狼人T與二十三號，攻守交換了。

「這顆球威力雖強，但眼鏡王蛇道行高深，若沒辦法擊中眼睛等要害，恐怕殺不死他。」二十三號和狼人T交換了一個眼神，「所以一定要找到最好的攻擊時機才行。」

而眼鏡王蛇似乎也明白這個道理，這黑色籃球威力肯定嚇人，如果被擊中的是自己的要害，絕對是九死一生。

雙方的認知相同，竟演變出完全相同的戰術。

二十三號快速運球，數十年的籃球經驗，讓他就算少了右手，運動能力卻絲毫沒有退步，他快速來到眼鏡王蛇的面前。

而眼鏡王蛇更是捨棄了狼人T，他盤桓著流線型的身體，也來到了二十三號面前。

「要讓籃球擊中牠的要害。」二十三號屏息，「這是最後十秒，最後一次的得分機會。」

「在這顆鬼球打中我的要害之前，把它打掉。」眼鏡王蛇眼睛瞇起，毒辣的眼光綻放著殺氣。「管你什麼最後十秒，只要沒了這顆球，你們兩人都奈何不了我的。」

雙方想法瞬間交會，然後眼鏡王蛇先動了，他蛇信狂吐，朝著二十三號猛咬下去。

二十三號身體一矮，完美到沒有任何瑕疵的轉身動作，閃過了眼鏡王蛇。

到了，二十三號到了眼鏡王蛇的背後，他掌握最佳攻擊位置了。

「小心！」狼人T在一旁，卻忍不住大叫，因為他看到了，眼鏡王蛇真正的攻擊其實在後面。

蛇的尾巴。

如鬼魅般的蛇尾，趁著蛇牙攻擊之際，從後方繞到了二十三號的背後，然後捲住了二十三號的左手。

這一捲，讓原本佔盡優勢的二十三號失去了反擊的力量，因為他唯一可以仰賴的左手，已經無法施力。

「什麼鬼籃球，只要不要讓你用手丟，你就廢啦！」眼鏡王蛇狂笑之際，轉過身軀，張大嘴巴，上排那透明倒鉤的蛇牙，閃爍著致命的毒氣。

「是嗎？」二十三號的左手無法出力，臉上卻綻放一個詭異的笑。「那我們換一個戰術，四號戰術。」

「四號戰術？」眼鏡王蛇皺眉，「怎麼還有別的戰術？」

「這戰術就是，換人帶球上籃啊。」

「換人……」眼鏡王蛇一愣，因為他也發現，二十三號的左手竟然空了。

究竟在何時何地消失的？又消失到哪裡去了？

突然間，眼鏡王蛇心念一動，他轉頭一看，沒有意外的，球，現在到了另外一個人手上。

而那個人，此刻已經爬上了自己的蛇背，高舉著那致命的黑球，對準著自己的眼睛。

「眼鏡王蛇，記住這一招名字吧，」那人大笑，「這是我狼人T和二十三號合作的，超級助攻。」

超級助攻。

先讓狼人T掩護，然後讓二十三號攻擊，最後再透過巧妙的傳球，把球回傳給最後的攻擊手，狼人T。

這一連串的戰術，巧妙且高速，眨眼完成。

若非有極強體術與兩人極佳的默契，絕難成功。

「結束了，臭蛇！」狼人T右手用力，就要朝著眼鏡王蛇的眼睛砸下，但眼鏡王蛇卻在這時露出了一抹帶著怒意的笑。

「你們這些不知道哪裡來的小妖怪、小人類，怎麼可能會知道我們埃及大神的厲害！」眼鏡王蛇咆哮，雙眼綻放陰冷光線。

光線之陰冷，竟然令狼人T的心臟猛然收縮，全身僵硬。

「眼鏡王蛇的絕招之三，凝。」眼鏡王蛇露出冷笑，「任何生物都會因為我的眼睛而暫停動作。」

凝，這源自於沼澤大蛇對獵物的恐怖注視，搭配上眼鏡王蛇強大無匹的靈力，能讓任何的對手都時間停止因此而暫停動作。

這一暫停，更讓狼人T動作停頓，緊接而來的，是眼鏡王蛇絕對的反撲。只是，眼鏡王蛇才正要反撲，他卻又發現了一件更奇怪的事情。

在笑，狼人T在笑。

「你、你笑什麼？」眼鏡王蛇怒叫。

「你幹嘛暫停我的動作，球，又不在我手上。」狼人T手一攤，那顆黑球呢？果然不在他手上。

「難道……」眼鏡王蛇驚恐的回頭，他看到了那顆黑球，又回去了，回到了二十三號的左手上。

「剛剛忘記喊戰術了，哈，其實這是第八號戰術，雙重助攻。」二十三號虛弱的臉發出大笑，然後手一揮，這次，黑色籃球真的出手了。

「作弊，哪有人出絕招的時候不喊戰術？你們騙人！」眼鏡王蛇大叫，同時也來不及打出下一波招數了。

「騙人，也是戰術之一啊。」狼人T和二十三號相視一笑，然後黑球已經擊中了目標，確實的擊中了眼鏡王蛇的眼睛。

黑色的籃球在這一秒鐘炸開，化成猛烈的靈力之刃，徹底貫穿了眼鏡王蛇的眼睛。

遠處，各方好手正全神關注著這場戰局的變化。

這裡是林口的高樓，阿努比斯正迎著帶著霧氣的風，凝視著底下高樓林立的街景。

「眼鏡王蛇當真是狡猾有餘，細心不足，竟然被這種小戰術給騙了？」阿努比斯嘆氣。

「那怎麼辦？」立在阿努比斯旁邊的，是唯一名列黑榜百名內的兵器之妖，村正。

「放心，」阿努比斯淡淡的笑著。「我認識這條蛇也好幾千年了，如果他這麼容易被逆殺，早就在險惡的南埃及沼澤中被除名了。」

「喔？」

「不過讓我感到有趣的是，」阿努比斯說到這，注視著他的手機，表情轉為嚴肅。「這四十萬網友的人肉搜尋，也未免太厲害了，還可以用文字進行實況轉播？」

「人肉搜尋原本就很可怕啊，」這時候說話的，是阿猊，龍之九子中被阿努比斯收服的火焰之龍。「尤其是一個叫 PTT 的單位，他們簡直比調查局還恐怖。」

「不，」阿努比斯搖了搖頭，「人肉搜尋之所以厲害，是因為他們能廣納各方異士，各方異士根據自己的資源找到隱藏的秘密，而這次的行動，似乎有幾個異士特別厲害，因為主要的訊息都是他們提供的。」

「嗯，特定幾個異士……」

「對，我觀察到，提供情報的有四個帳號，他們都使用英文名字，分別是 Beast、Leader、Istop 和 Live。」阿努比斯沉吟。「這四個人輪流發佈有用的情報給我們，像是黑蕊花一開始出現的位置，以及一路移動的戰鬥位置，很有趣。」

「四個啊……」

「不過這四個人究竟是誰，暫時沒有答案。」阿努比斯單手撐著下巴，看著手機網頁中不斷湧來的情報。「但現在要注意的，是我親愛的埃及神系戰友，眼鏡蛇神，能否安然度過這一關，保住黑蕊花了。」

林口街道的另外一頭，也是比爾身處的位置。

他操作著眼前的平板電腦，表情凝重。

「有點糟糕。」

「哪裡糟糕？」貓女在一旁詢問，「二十三號和狼人T攜手合作，逆轉了眼鏡蛇神的攻擊啊？這樣怎麼會糟糕？」

「因為眼鏡蛇神身體的程式，開始改變了。」

「改變？」

「他，似乎還有另一種形態啊！」

林口街道，眼鏡王蛇被二十三號的黑色籃球擊中眼睛，黑色籃球雖然是圓形，卻因為靈力的密度極高，一碰到眼鏡王蛇，立刻變形成一把黑刃。

黑刃直插入眼鏡王蛇的眼中，貫破眼球之後，更進一步貫入了腦部。

生死存亡的瞬間，眼鏡王蛇怒了，真的怒了。

憤怒到他決定把最耗損真元，也最危險的招數，給徹底釋放出來了。

* * *

黑球爆裂之後，地面上，躺著一尾眼鏡蛇的屍體。

還有兩個坐在地上呼呼喘氣的壯漢，狼人T與二十三號。

「剛剛那招雙重助攻，可真是漂亮。」狼人T坐在地上，雙手往後撐住地面，露出輕鬆的笑容。「虧你想得出來啊，二十三號。」

「不過這樣的招數也要等級夠高的夥伴配合啊。」二十三號笑著，精疲力竭的他，臉上佈滿了皺紋，「第一球我傳給你，你接得住，還能在眼鏡蛇沒有看到的瞬間，把球丟回來給我，當真漂亮。」

「玩籃球，怎麼搞得像是在玩魔術？」狼人T也笑。

「對啊，籃球就像是魔術，而且是在狂奔急跑的那零點一秒，透過身體、眼神，與全身上下的節奏，完成一場完美的魔術表演。」二十三號笑著說，「而你，狼人T，你算是很有潛力的。」

「是嗎?謝謝。」

「我們拿到黑蕊花回去以後，等我身體養好，我們再來組隊吧。」二十三號看著天空，「我知道有個地方的街頭籃球，水準很夠，打起來肯定過癮。」

「好啊。」狼人T起身，拿起他剛剛從蛙神手上拿到的黑蕊花，仔細端詳著。「就是這東西，引來女神和我們兩方的瘋狂追殺嗎？這到底是什麼啊？」

就是這朵黑蕊花，有著孱弱的細莖，幾乎快要被風吹落的殘葉，但卻在花蕊處，呈現奇異的深黑色。

把所有光線都吸入，深到讓人無法呼吸的黑色。

「這就是黑蕊花嗎？」狼人T把花舉起，映著此刻的月光，端詳著它。「這道具有那麼了不起嗎？足以讓女神和我們這邊都傾巢而出？」

「不清楚。」二十三號又坐了回去，「不過老爹的判斷不會錯的，這黑蕊花肯定在女神的戰鬥中扮演著極為重要的角色。」

「是喔。」狼人T把黑蕊花收入了自己的外套口袋，並且走到二十三號面前，伸出了他的大手。「起來吧，夥伴。」

「嗯。」二十三號也伸出大手，和狼人T相握。

「戰鬥結束，我們回去吧。」

「回去吧。」二十三號瞇起眼睛。

但，也在這時候，二十三號的表情突然改變，急遽的改變了。

然後二十三號的手突然用力，強大的力量扯住狼人T，把他猛力往後摔，狼人T猝不及防，整個人就這樣飛過二十三號的頭頂，摔倒在地上，滾了好幾圈才勉強停住。

「你幹什麼？」狼人T怒極起身，「你是要報我剛剛騙你沒找到黑蕊花的仇嗎？也太過分了，二十三……」

但，狼人T卻沒有把話吼完，因為他突然懂了。

二十三號，竟然是在救他。

二十三號沒有要他。

因為，二十三號的胸膛，被一條銳利的蛇尾，硬是貫穿，直接釘落在地上。

如果二十三號沒有把狼人T往後急甩，那這條銳利的蛇尾，貫穿的對象，將會是狼人T自己。

只是，這條蛇尾……

「眼鏡王蛇！」狼人T雙手握拳，仰頭悲吼，瘋狂的悲吼。「你！你這混蛋！眼鏡王蛇！」

鏡頭沿著蛇尾巴，慢慢的往上移動，移動……最後移動到了那宛如湯匙般的頭部。

眼鏡王蛇。

他的一隻眼睛緊閉，全身蛇甲泛白，濕潤而柔軟，彷彿剛從蛇卵中誕生。

眼鏡王蛇剩餘的那隻眼，綻放著冷冽光芒，嘴角浮出貪婪且邪惡的冷笑，「你們也太疏忽了吧？你們有雙重助攻，難道我沒有其他絕招嗎？」

「你！」狼人T看著二十三號，眼眶發熱。

「記住我的絕招吧，這招雖然消耗真元，也沒有貓女的九命這麼厲害，但卻適合突襲而且屢試不爽，這招叫做……」眼鏡王蛇冷笑著，「褪。」

褪。

源自於蛇類成長必經的脫皮，如今在眼鏡王蛇的靈力下，換成類似於九命怪貓的奇襲猛招。

就是這招「褪」，讓眼睛被炸傷的眼鏡王蛇，瞬間製造了一個假的屍體，詐騙了狼人T和二十三號。

也因為這樣，讓二十三號和狼人T完全喪失了戒心，更讓二十三號犧牲了自己，救了狼人T一命。

只見二十三號垂死的身軀顫動，驕傲的他，到死都保持著一貫的霸氣。

「狼人T，聽老子的話。」二十三號蒼白的臉，露出笑容。

「好。」狼人T已經快要爆發了，只是他的心臟仍安靜著，讓他無法啟動任何的絕招，但他仍打算繼續戰鬥，戰鬥到最後一刻，就算只是剝下這隻臭蛇的一個鱗片也好，他也要替二十三號報仇。

「走吧。」二十三號的語氣雖然虛弱，但卻堅定無比。

「走？」狼人T一愣。

「走！把黑蕊花給帶走！」二十三號僅存的左手再次舉起，籃球靈體重現。「快走！」

「可是！」

「你他媽的，別讓我的犧牲白費！」二十三號狂吼著，說完，手上的靈體同時爆開，這是他生命中最後、也最狂暴的一擊。「把黑蕊花，給我帶走啊！」

這一秒鐘，靈球化成猛烈刺目的閃光，往四面八方炸開，所有人的視覺都消失了作用，都迷失了方向感。

這片閃光中，只剩下二十三號的狂吼，以及爽朗的笑聲。

「笨蛇，你給我記住，我的夥伴，他們一定會替我報仇的。」二十三號大笑著，「你給我等著啊，笨蛇。」

林口，某家店內，這裡是少年H和娜娜等待的地區。

「死了。」娜娜看完簡訊，闔上了手機，表情哀戚。

「誰死了？」正看著「道具大全」的少年H抬起了頭。

「二十三號。」

「那個愛打籃球的漢子？」

「是啊，」娜娜嘆氣，「他是一個超級驕傲的人類，雖然驕傲到一個無法無天，但其實也是一個很重義氣的人。」

「嗯，」少年H翻書的速度減緩了，似乎也為了二十三號的死在默哀。「那我的老夥伴，狼人T呢？」

「逃了。」娜娜出示著比爾寄來的簡訊，「二十三號臨死前釋放所有的能量，讓狼人T逃了。」

「二十三號真是一個熱血的人。」少年H輕嘆了一口氣。「那道具現在在誰手上？」

「他們的對手是南埃及神系的主神眼鏡蛇神，他現在正瘋狂的追逐著狼人T，所以我猜……黑蕊花應該在狼人T的手上吧？」娜娜研究著簡訊。

「那我的老朋友，不就危險了嗎？」少年H翻書的手，停了。

「嗯。」娜娜用力點頭。

「呼，按照比爾的規劃，誰會去接應狼人T？」少年H的腦袋清楚，絲毫不遜於目前掌握全局的比爾，每個問題都切中要點。

「我看看喔……」娜娜翻動手機的簡訊，「是小桃和吸血鬼女。」

「喔。」少年H沉吟著說，「有吸血鬼女……她的實力，和眼鏡蛇神似乎不相上下，若加上她的智計，勝算不小。」

「那就好啊。」娜娜笑了。

「真的那就好嗎？」少年H拿著書，書的紙頁似乎因為他過度用力的手勁，而微微的凹折了。「真的，那樣就好嗎？」

「什麼意思？」

「這場黑蕊花的爭奪戰中，難道……只有阿努比斯的埃及神系和我們兩方人馬嗎？」

「啊？你的意思是說，其實還有其他勢力……」

「黑蕊花的實際功用雖然尚未被證實，但其重要性卻已經驚動了各方勢力，我猜，一定還有其他的人馬會介入搶奪。」少年H慢慢的闔上書，「我們是否，該做點什麼呢？」

「該做點什麼啊……」娜娜看著少年H，歪著頭，只看見這個讓她無比佩服的張天師，臉上露出一個有些調皮、又有些堅毅的笑容。

這個笑容，是否表示少年H要做些什麼呢？

另一頭，剛剛經歷激戰的狼人T，正在逃。

他逃到了一座公園內，苦戰後受傷的他，正癱在公園的長椅上喘著氣。

他想要反擊眼鏡王蛇，卻知道這是一場沒有勝算的反擊，就算他剝下一塊眼鏡王蛇的鱗片又怎樣？以他現在的實力，最後肯定會死在眼鏡王蛇的毒牙之下，最後黑蕊花終究會成為女神團的囊中物。

所以二十三號才叫他要走，用自己的生命對著狼人T狂吼，「走。」

想到這，狼人T忍不住按著自己心臟的位置，重重吐了一口氣。

「心臟啊心臟，所謂的密碼，到底是什麼呢？」狼人T閉上了眼，「到底要怎麼樣才能讓妳覺醒？」

狼人T緩緩睜開眼，看著眼前公園內，綠草如茵的廣場，廣場上幾座簡單的兒童遊樂設施，上面幾個小孩正在爬上爬下，嘻嘻哈哈聲音不斷。

也就在此刻，狼人T的心神放鬆了。

他想起了西兒，想起了倫敦那次與開膛手的暗夜追逐，想起了那個勇敢的女記者西兒，想起了最後西兒犧牲自己的模樣，更想起了自己的願望。

「如果，地獄遊戲真的能實現所有人的願望，」狼人T看著眼前淺淺的月光，「我的願望真的很簡單，我想再見妳一面，一面就好了。」

然後，就在狼人T心神放鬆短短的一分鐘後，忽然他發現，眼前有些異樣。

小孩不見了。

剛剛還在東跳西跳，搶奪溜滑梯，一會兒爭吵、一會兒又是好朋友的小朋友們，全部都不見了。

「糟。」一股不祥的直覺湧上狼人T的心頭，他撐起苦戰後受傷的身軀，就要起身。

但他的身體尚未從長椅上站起，幾道影子，就籠罩了下來。

狼人T順著影子往上看，這秒鐘，他表情微微愣住。

「是你們？」

「是我們。」影子中，一個獨臂、戴著眼鏡的瘦削男子，對著狼人T露出微笑，「我們找到你了，狼人T。」

黑蕊花之爭，第三個亡魂已經出現。

先有亞瑟王這方的傑森、女神方的蛙神，再來是天使團的二十三號，下一個會是誰？

而黑蕊花究竟是什麼？所有占卜都指向它的重要性，卻無人知道它實際的功用？它對少年H或女神而言，究竟是一個多麼危險的東西呢？

而另一頭，女神與蒼蠅王的戰鬥，則仍在地獄遊戲的核心——台北火車站激烈上演著。

第四章　台北

「第二局，女神與蒼蠅王對決的第二局。」

此刻，全台灣的玩家都注視著網路或是電視。

幾個在台南的玩家，一邊吃著牛肉湯和虱目魚粥，專心的看著掛在牆上的小電視。

連不是玩家的老闆，都在舀湯空檔，偷偷瞧著電視。

多看幾眼後，還被老闆娘拍頭，「專心做生意啦！因為女神很漂亮，所以你一直偷看，對不對？」

老闆摸了摸頭，反嘴道：「鏡頭帶到那個筋肉人蒼蠅王的時候，妳還不是在看？」

「好啦好啦，我承認，這比霹靂水系列，比家和萬事敗還要好看欸。」

「我也是這樣想欸。」老闆用力點頭，「我不能同意妳更多啊！」

「第二局，女神與蒼蠅王對決的第二局。」

這裡是台中新光三越前的廣場，這裡聚集了好多人，每個人都聚精會神的看著電視牆。

一個完全狀況外的路人大叔，他停下摩托車，戴著安全帽就問，「幹嘛，又有轉播囉？是中華隊比賽嗎？」

「大叔你沒有在關心現在的新聞喔？」幾個臉上畫著國旗，不，臉上畫著女神圖像的年輕人，對著大叔搖了搖手指，「這是女神與蒼蠅王的對決啦。」

「女神和蒼蠅？這兩個東西怎麼會湊在一起？」大叔不懂，但也跟著年輕人，一起仰頭看著眼前的電視牆。

「大叔，你不懂啦，女神是埃及的主神。」年輕人笑，「而蒼蠅王是基督教最大的一隻惡魔！」

「還是很奇怪，蒼蠅王？幹嘛沒事取一個這麼髒的名字？」只是，大叔嘴巴雖然唸著，但眼睛卻停在電視牆上，雙腳也不再移動，就這樣成為這些年輕人的一份子。「這個女神也真是的，取這樣的名字，但年紀看起來可以當我女兒了。」

對了，值得一提的是，到女神與蒼蠅王對決結束之前，大叔都沒有脫下安全帽，因為他完全入迷了。

「第二局，女神與蒼蠅王對決的第二局。」

這裡是北部的某個住家。

一個中年男子坐在沙發上，他正盯著電視裡面，台北火車站的即時轉播。

這時，他的老婆，同樣四、五十歲年紀，端著咖啡走了過來。

「怎麼？總統辯論嗎？看你看得這麼認真？」

「不是，是女神與蒼蠅王的對決。」中年男子邊看電視，手裡的筆沒閒著，正在寫著什麼。

「女神與蒼蠅王？」他老婆坐到男子身旁，一起看著電視。「這不是埃及神系與基督神系的神祇名字嗎？」

「是啊。」中年男子一笑。「這場戰役，會影響整個地獄遊戲的命運喔。」

「呵呵，那很有趣，」老婆歪著頭，「難道說，勝利的那方有可能破關？」

「幾乎可以這樣說。」

「破關的時刻要來了？那我們的事情……」老婆歪頭看著中年男子。

「如果地獄遊戲真的破關了，」中年男子轉過頭，專注的看著自己的老婆，這個自己在遊戲中的老婆。「那我們就在現實世界見面吧。」

「見面？你不怕，在現實世界中，我是一個又老又醜，專門獵殺少年的老姑婆？」

「呵呵，那妳不怕我其實是高中生，在遊戲裡面滿足我的戀母情結？」

「我不怕，」老婆微笑，把頭枕在老公的肩膀上，「因為我在遊戲裡面，已經看到真正的你。」

「是啊，放下現實的枷鎖，真正的我們。」老公也笑，「在這裡反而能真實呈現。」

「那你打算加入女神團嗎？」老婆的頭靠在老公肩膀上，問道。

「那妳想加入蒼蠅王陣營嗎？」老公回問。

「我們不是說過，家裡不談政治。」老婆笑。

「也對。」老公笑，「家裡不談政治，不然愛人也會變成仇人。」

電視上，女神與蒼蠅王的對決，持續上演著。

一如電視的另一頭，這老公與老婆的故事，也持續前進著。

場景，拉回熟悉的台北火車站的大廳。

九尾狐的眼睛，正全神貫注的，看著大廳中瞬息萬變的戰局。

女神打出非力量為主的「隱者牌」，整個人頓時消失在大廳中，面對女神來意不明的攻擊，蒼蠅王拉開了「死海古卷」。

死海古卷，這張蒼蠅王拿來對付女神「死者之書」的王牌，這次，召喚出十二隻惡魔。

每一隻惡魔，都是用一個人的靈魂換來，堪稱是高密度的能量體。

二十一隻惡魔，擋住了瞬間摧毀整個獵鬼小組的「力量牌」。此刻，蒼蠅王召喚出十二隻惡魔，就是要在這個空間中，把所有的可能性都找出來。

那個可能性，當然包括了受到隱者牌保護的女神。

「女神，不管妳打出隱者牌的目的是什麼？都沒有用的。」蒼蠅王冷笑，「因為，馬上就會被我的十二隻惡魔給抓出來。」

十二隻惡魔一隻一隻從死海古卷中爬出。

他們都同樣全身黝黑，箭頭尾巴又細又長，頭上更是長著羊角，下巴留著鬍鬚，一爬出古卷，立刻左顧右盼，目露邪惡光芒，四下搜尋著。

「動。」蒼蠅王命令一下，十二隻惡魔立刻往四面八方彈去。

數秒後，第一隻惡魔發出尖叫，「這裡有生物。」

生物。

一瞬間，其餘的十一隻惡魔同時回頭，然後滋的一聲，那生物已經被第一隻惡魔用黑火燒盡。

「是一隻瓢蟲啊。」第一隻惡魔舔了舔舌頭，踩過化成焦炭的瓢蟲屍體，繼續用他的大鼻子搜索著。

很快的，十二隻惡魔繞了整個大廳一圈，大廳中所有的生物，無論大小，全部都被惡魔黑火燒成焦炭。

十二隻惡魔的鼻子不斷抽動，眼看就要把整個火車站大廳變成一座死城。

「當所有的生物氣息都已經消失，女神，我看妳還能藏在哪裡？」蒼蠅王裸著上身，渾身霸氣張狂。「十二隻惡魔一定會把妳從隱形的世界中，給硬是拖出來的。」

但，隨著十二隻惡魔地毯式的搜尋，需要擔心的，可不只是女神。

還有一個人，她奉土地公之命，潛入這裡，目的是干擾女神取得勝利，如今卻可能成為這十二隻惡魔的獵物。

「出現吧，第七尾，薨尾。」九尾狐豔麗的面容輕嘆了一口氣，輕盈的啟動了九尾中的第七尾，薨尾，也就是擬態尾。

此尾專司擬態，舉凡任何生物與非生物，九尾狐都可藉此尾變化其模樣；也可探知敵手心中的弱點，幻化出形象。

當時，九尾狐就是藉由薨尾和媚尾，控制了新竹的王者，白老鼠。

如今，因為十二隻惡魔的搜尋力量太強，引得九尾狐必須再打出此招。

「擬態，讓我與環境幻化為一體吧。」九尾狐呢喃，第七尾蓬鬆的皮毛上，沾染著許多類似糖絲的線體，線體快速包圍著九尾狐，將她裹成一顆糖繭。

當繭散去，九尾狐已經消失。

不，不該說是消失，而是九尾狐已經與背後的景色完全相同，甚至是風吹過時的擺動，或是人走過時的腳步聲，此尾都可以完全模仿。

這是極度高級的隱藏技巧，更是九尾狐千年道行的心血結晶。

但她卻仍然沒有把握，因為，她眼前的對手，可不是一般的妖魔小丑，或是政府裡面只會囂張不會做事的小官，她的對手叫做蒼蠅王。

這個將地獄政府完全整頓，足以和四大主神平起平坐的，絕對怪物。

而眼前這些惡魔，更是蒼蠅王的心血結晶，或稱作最佳打手。

十二隻惡魔四處遊走，他們或是單獨行動，或是三三兩兩聚集，四處捕殺任何可能隱藏的生物。

其中一隻，鼻子更是不斷嗅著，越嗅，就越來越靠近九尾狐藏身的柱子。

九尾狐微微緊張起來，她雖然對自己的「薨尾」有幾分信心，但眼前這隻惡魔可是來自蒼蠅王的死海古卷……

只見那隻惡魔邊走邊嗅，幾次鼻子已經在九尾狐的眼前晃動，但始終沒有識破九尾狐神乎其技的擬態。

終於，惡魔慢慢的轉身，離開了九尾狐，而九尾狐則是輕輕鬆了一口氣。「我這薨尾可以名列第七尾，可不是浪得虛名……」

只是，正當九尾狐微微鬆了一口氣之際，忽然間，她看見了那隻惡魔，慢慢的回頭。

尖長的鼻子，獠牙的嘴，笑了。

「如果連妳都找不到，又怎麼能找出女神呢？」惡魔竟然開口了。

「糟糕。」九尾狐一驚，竟然發現，她的周圍不知何時，已經出現了三隻惡魔。

這三隻惡魔發出吵雜的笑聲，然後同時張開大嘴，三團高溫如同地獄煉火的黑火，將九尾狐四面八方全部封住。

九尾狐發現自己無法逃脫後，不驚反笑，「你們幾隻小惡魔，可別太囂張了，搞清楚，你們的對手是誰啊！」

說完，九尾狐背後的尾巴一甩，金木水火土五行之尾，在空中交替成一個圓形，圓形陡然往四方散開。

木尾與火尾，攻向一隻惡魔。

金尾與土尾，攻向第二隻惡魔。

最後專門剋火的水尾，則攻向第三隻惡魔。

「讓你們知道五行之尾的厲害。」九尾狐得意的笑，但她只笑了一秒，真的只有一秒而已，因為下一秒，她的尾巴竟然全部被推了回來。

被黑火推了回來。

看著黑火把尾巴越推越近，九尾狐感到背脊不斷湧現冷汗。

「第六尾是媚尾，不適合用在這種單細胞的惡魔身上，第七尾是蔥尾，只能偷襲，難道……」九尾狐用力跺腳，放聲大叫，「討厭啦，第八尾，姜老頭，又換你了啦！」

姜老頭，換你了。

是的，第八尾，咒尾，出鞘了。

以姜子牙為名，名列九尾狐倒數第二尾的姜子牙之劍，出鞘了。

此尾從九尾狐的背後如夜箭般陡然射出，卸脫層層符咒，露出底下凜凜真身，鋒利絕倫的劍體。

「別再輸了啊。」九尾狐對著這最後一尾，扮了一個鬼臉。「姜老頭。」

此劍聽到九尾狐這樣說，竟然像是有了情感，它劍身微屈，似乎帶著些許怒意，然後劍體陡然伸直，靈氣四裂。

接著，三隻惡魔都忍不住，眨了眨眼。

他們都以為自己看錯了。

剛剛不是只有一把劍而已嗎？

為什麼到了下一瞬間，那把劍卻變成了滿天凌厲的劍之星空。

「劍陣？」九尾狐笑，「姜老頭，你果然欠人激啊。」

劍陣嗡一聲落下，宛如一場能將人碎屍萬段的鋒利大雨，朝著三隻惡魔落下。

惡魔們仰頭，他們全呆了，因為他們都明白，黑火就算能燒熔其中幾把劍，也燒不盡這成千上萬的瘋狂劍雨。

「死定了。」惡魔們張大嘴巴，無奈。

但，他們的救星來了，下一刻，他們的救星與創造者登場了。

「九尾狐，」蒼蠅王雙手負在身後，出現在三隻惡魔之中，他仰頭注視著滿天劍雨，語氣威嚴，「我與妳何仇?為何要壞我死海古卷內的惡魔?」

只是，蒼蠅王這一站，竟像是泰山臨淵，氣勢驚天動地，滿天劍雨頓時停住。

連姜子牙之劍，都被蒼蠅王的氣勢所懾。

「我也不想與你一戰。」九尾狐搖頭，「可是，你那十二隻惡魔要殺我。」

「我可以不殺妳。」蒼蠅王皺眉，「但妳別礙我的事。」

「你以為我喜歡礙你?」九尾狐生氣得雙手扠腰，「我還可以告訴你，女神藏在哪。」

「妳知道?」蒼蠅王虎軀微震。

「你啊，一個徹頭徹尾的臭男生，怎麼會猜得到女生小奸小惡的調皮?」九尾狐笑了。

「是嗎?」蒼蠅王冷冷的說，「九尾狐，妳究竟要說什麼?」

「我們女生啊，最愛偷偷躲在男生的後面，然後假裝去拍另一邊的肩膀，你沒玩過這遊戲嗎?」

「所以……」

「十二隻惡魔之所以始終找不到，就是因為……」九尾狐伸手一比，同時，她陡然往後急退，姜子牙之劍更由繁化一，以驚人高速流回九尾狐身邊。「女神，壓根就在你的背後啊。」

女神，壓根就在你的背後啊。

這一秒鐘，蒼蠅王懂了，他猛一回頭。

他果然看見了，女神那清純可愛的笑容。

而且，這個清純的笑容中，帶著一絲狡猾，因為她的手抓的地方，正是蒼蠅王的死海古卷。

「女神，妳想偷我的死海古卷？」

「被發現了。」女神吐了吐舌頭，眼睛瞄向九尾狐，「都是妳這隻小狐狸啦，實在有點討厭欸。」

女神說完，左手往前一推，一股雪白色的可視靈波，從她手心盈盈飄出。

看似輕盈無害的白色靈波，在九尾狐的面前，卻已經脹大成一堵巨大的雪山，朝著九尾狐直壓了過來。

「姜子牙之劍。」九尾狐雙腳不斷往退，嘴裡則喊著，「先是敗給奇異一刀，又是被蒼蠅王氣勢所震懾，你到底還有沒有用啊？」

還有沒有用啊？

這句話，徹底激怒了這把老劍。

這把曾經收服無數妖魔，冊封群神的古老道士之劍。

只見姜子牙之劍，瞬間巨大起來，越來越大，越來越大，大到與雪山同樣尺寸，然後嘶的一聲，劍劈了下去。

劍落，山破。

這一劍凝聚了姜子牙之劍的全部力量，連女神的雪山也應聲崩潰。

不過，女神卻只是微微皺眉，沒有再追加任何力量，並不是她的力量已經匱乏，而是因為她眼前還有一個更重要的敵人。

這個手握死海古卷，從千年前就對她造成威脅的男子，蒼蠅王。

「女神，妳都現身了，就乖乖倒下吧！」蒼蠅王嚴酷的臉上，此刻露出了笑，然後揮出了拳。

在這一拳揮舞的過程中，十二隻惡魔同時回歸，全部回到了他的拳心，更讓原本已經透過無數鍛鍊而變得宛如巨牙的拳頭，變成了一種兵器。

一種毀滅生靈的兵器。

「行蹤被發現，得拚一下了。」女神眼神閃過一絲認真，左手拉住死海古卷，右手同時打開了死者之書。「出來……皇帝，絕對斥力。」

皇帝，這張高高在上的牌，代表的就是威嚴與難以親近，若是化成實際的力量，就是相斥。

與皇后截然相反的力量。

「斥力？」蒼蠅王一愣，竟然抓不住手上的死海古卷，嘶的一聲，從他的手掌心飛出。

「排斥成功。」女神正想要比一個「耶」的手勢，但蒼蠅王那集結十二隻惡魔威力的拳頭，卻已經到了。

砰。

這一拳，這一個集合了物理力量與魔力的重拳，就這樣擊中了女神的胸口。

女神胸口頓時凹陷，身體更往上飛起，像是一只斷了線的風箏，搖搖晃晃的飛過半個台北火車站大廳，撞上了柱子，才慢慢的從柱子上滑下。

當女神從柱子上滑落時，她的嘴角隨即湧出濃濃的鮮血。

「好痛喔。」女神用手指擦去眼角眼淚，露出好痛的撒嬌表情。「你這拳好痛喔。」

女神被重拳揍到吐血的模樣，又可憐又可愛，透過即時畫面轉播，女神團竟莫名其妙的又多了上萬名玩家的加入。

畫面拉回台北火車站大廳，蒼蠅王一拳把女神揍到重傷，他吸了一口氣，露出罕見的笑容。

「女神，這拳已經傷到了妳的肺臟，現在的妳，力量肯定不足三成。」蒼蠅王到此刻，露出了幾乎篤定勝利的笑容。「而且妳以為，妳逼得我把死海古卷脫手，我就拿不回來嗎？」

「我知道你會拿回死海古卷，但我只要比你快就夠囉。」女神一笑，擦去嘴角的鮮血，右手再度打開了死者之書。

死者之書再度翻動。

「妳是說，看誰先打開自己的書嗎？」蒼蠅王右手陡然消失，然後化成千隻蒼蠅散開。

蒼蠅快速飛向死海古卷所在的位置，將死海古卷給捲起，然後拚命的震動翅膀，眼看就要高速飛回蒼蠅王手上。

「呼。」女神手上的死者之書，越翻越慢，眼看就要停住。

「呼。」而死海古卷眼看也就要回到蒼蠅王手上。

死者之書停住。

死海古卷被蒼蠅王握住。

「這次，是太陽牌啊。」死者之書中，一張畫著閉眼太陽的紙牌，緩緩升起。

「出來吧！」蒼蠅王另一隻手猛力拉開死海古卷，「全部的惡魔，二十九隻，全部出來，給女神一個了斷吧！」

二十九隻惡魔，那是蒼蠅王死海古卷中最後也最強的力量，這次他毫不保留，一口氣全部放出來了，他要在這一次，徹底的分出勝負。

太陽還在升起。

而死海古卷卻已經完全拉開。

「女神，抱歉了，太陽牌力量雖強，但卻需要升到正午才是最強，」蒼蠅王笑著搖頭，「所以我的二十九隻惡魔快了一步！」

「嗯。」女神臉上的表情依舊，她雖然知道太陽牌升到最大，需要時間，卻依然固執的打出了這張牌。

「很抱歉，妳的固執，加上九尾狐的攪局，即將讓死者之書，輸給了我的死海古卷。」

蒼蠅王大吼，「二十九隻惡魔啊！讓這一局女神的第三張牌『太陽』，徹底失效吧！」

死海古卷的最後力量，二十九隻惡魔，即將君臨天下。

回顧這女神與蒼蠅王對決的第二局，堪稱奇峰突起。

女神的攻勢分為三部曲。

這一局，從女神打出「隱者」來隱形開始，經歷了十二隻惡魔的搜尋，與九尾狐的短暫交鋒，到後來女神被九尾狐識破行蹤，女神祭出「皇帝」弄走了蒼蠅王的死海古卷，並打出「太陽」，這張毀滅白起四十萬殭屍大軍的超強牌，打算一口氣讓蒼蠅王回歸塵土。

「隱者」、「皇帝」，到「太陽」三張牌，是女神組出的攻擊三部曲。

而蒼蠅王則全部以「死海古卷」應戰，他不只是操縱惡魔，更有九尾狐在背後偷偷幫了他一把，於是蒼蠅王在最後一刻拉回死海古卷，其召喚二十九隻惡魔的速度，更凌駕於威力雖強但需要時間升起的太陽牌。

這場太陽牌與死海古卷的速度對決，速度快的，顯然是蒼蠅王的死海古卷。

接下來，就是等二十九隻惡魔展現驚人的威力，將已經被蒼蠅王擊到重傷的女神，一鼓作氣解決。

但也在這一秒，這個即將分出勝負的一瞬間，九尾狐卻愣住了，然後嘴唇輕啟，發出咦的一聲。

而且，不只是九尾狐，正看著實況轉播的千萬個玩家，都咦了這麼一聲。

事實上，最早發出咦一聲的，是坐在台北火車站門口的兩個男人。

他們發出咦聲的時間，甚至比九尾狐快了將近三分鐘。

其中一個男人叫做土地公，他看著電視，當時的畫面上正轉播著女神的隱形剛被破解，她手上握著死海古卷的關鍵時刻。

「咦？」土地公咦了一聲，放到嘴邊的滷味停住。

「幹嘛咦？」賽特看了一眼土地公，「吃到辣椒嗎？」

「我為什麼咦?賽特啊賽特，因為食物太好吃，所以你沒看出來嗎？」土地公把滷味放進了嘴裡，用力大嚼起來。「哈哈哈。」

「我……咦？」賽特把注意力重新放回電視畫面，接著他眼睛大睜，也咦了一聲。

「對吧，果然有鬼啊。」土地公接著又夾了一塊豬血糕，這個被外國評比為最奇怪的台灣食物，卻是美味與營養滿分，更是每個台灣孩子成長的回憶。「女神果然是女神。」

「是啊。」賽特淺淺吸了一口氣，「就算只剩三成，她還是一樣高明。」

「對啊，搞了半天，這不是三部曲，這是四部曲，女神真是狡猾。」土地公邊說邊嚼著豬血糕。

「沒錯，蒼蠅王輸了。」賽特嘆了一口氣。

「是啊，這傢伙，真的慘了。」土地公眼睛瞇起，「除非，這傢伙還有絕招。」

「嗯。」賽特不再答話，只是注視著電視畫面。「對，除非，這傢伙還有絕招。」

女神，多年來妳當真沒有變，明明清純可愛，卻又深思熟慮，智計百出，隱藏的最後一部曲。

蒼蠅王，如果你最後的防線是那本死海古卷，那這一局，肯定就是你人生的最後一局了。

* * *

第二聲咦，則有兩組人馬同時發出，他們約莫比所有人快了一分鐘。

其中一組在林口，一座可以俯視整個城市的高樓上，一個穿著黑衣的男人，咦了一聲。

此時的電視，正轉播到女神奪死海古卷失敗，被蒼蠅王正面一拳擊中的畫面。

「阿努比斯老大，幹嘛突然咦了一下。」一旁的村正問道。

「很有趣。」阿努比斯眼中綻放凌厲光芒。

「什麼有趣？」

「女神剛剛，做了一個很有趣的動作。」

「啊？」

「第四部曲，原來是戀人牌啊，戀人牌的真理是『雙』，任何物體碰到戀人都會被複製，呵呵。」阿努比斯的嘴角慢慢揚起。「蒼蠅王，你深陷戰局，所以當局者迷，看樣子，你有苦頭吃囉。」

另一個發出咦聲音的人，在林口的書店，一個拿著某本道具全攻略，準備離開這家店的少年。

電視所播放的，正是女神被擊中，然後背脊撞上柱子，慢慢滑下的畫面。

「少年H，幹嘛咦？」一旁的漂亮女孩，側過頭，一匹長髮絲絲滑過臉頰。「女神被擊敗了，很訝異嗎？」

「娜娜，妳錯了喔。」少年H雙手負在背後，溫和一笑，「女神根本沒有被擊敗，甚至說，她快贏了。」

「啊？」

「這張牌出現的時機真漂亮，蒼蠅王這個老狐狸，大概也沒能預料到吧。」少年H搖頭。

「不懂，哪一張牌？」

「第四張牌。」少年H伸出手，比了一個四，「如果把太陽牌加上去，剛剛，死者之書其實打了四張牌。」

「四張牌……？」娜娜眼睛睜得好大，她明明也盯著電視啊，為什麼完全沒有察覺到這神秘的第四張牌。

「別忘了，我可是被死者之書中的正義之劍，穿心而過的人。」少年H一笑，「戀人成雙？所以是複製嗎？女神到底複製了什麼？」

「複製……」娜娜看著少年H充滿自信的側臉，不由得呆了。

「原來，從一開始，女神就沒打算偷那東西，更沒打算把那東西從蒼蠅王手上抽走，而是打算用複製。」少年H瞇著眼睛，「讓蒼蠅王這老狐狸，掉到陷阱裡面啊。」

「聽不懂啦！什麼複製？什麼偷東西？」娜娜跺腳，她很喜歡少年H沒錯，但她實在聽不懂少年H此刻在自言自語什麼？

「蒼蠅王，如果還有絕招就要快打。」少年H依舊在自言自語，「不然，恐怕沒有下一局逆轉的機會囉。」

時間，回到現在。

當蒼蠅王猛力拉開死海古卷，打算召喚出二十九隻惡魔，給受傷的女神最後一擊時。

所有人都咦的一聲，呆住了。

因為，沒有出現。

一隻惡魔都沒有出現。

「啊？」這一剎那，向來冷酷冷靜的蒼蠅王，表情也變了，隨即，他就懂了。

他真的懂了。

他抬起頭，眼中綻放欣賞神色，注視著正操縱著驚人太陽的女神。

「好！」蒼蠅王雙手一搓，手上的死海古卷，竟被他搓成了片片廢紙，讚得豪氣。「這就是戀人牌的威力？」

「你猜對了。」女神手上的太陽，已經巨大到足以頂上天花板，滾燙的火焰將天花板燃成一片焦黑。「成雙成對的戀人牌，其能力就是……複製。」

「複製？所以妳根本沒打算偷我的死海古卷，妳當時拿著它……」

「是因為我已經複製一份假的給你了。」女神調皮的笑著。「當時被我用皇帝扔到遠處的死海古卷，就是假的。」

「那真正的死海古卷……」

「在我這裡。」女神左手拿出那個古老的卷軸。「你剛剛手上的古卷是假的，所以根本召喚不出惡魔。」

「呵呵。」蒼蠅王笑了，雙眸中倒映著那輪快要將他視覺都佔滿的紅色太陽。「妳是在抓住死海古卷的時候掉包的吧？」

「對，我在那一剎那解除了隱形牌，先用戀人複製了假的死海古卷，然後被你打中時，再趁隙掉包。」

「很高明。」蒼蠅王點頭，「無論是時機或是手法，都堪稱一流。」

「過獎，」女神一笑，「那你準備好了嗎？蒼蠅王，地獄政府的實質統治者。」

「準備好了。」蒼蠅王張開雙手。

「那就接我這顆，太陽吧！」女神聲音提高，而雙手猛力往前一扔。

這顆醞釀多時、挾著驚人高溫的太陽之球，就這樣砰、砰、砰，以所向無敵的氣勢，朝著蒼蠅王直滾了過來。

在巨球的前方，有一個相形之下非常渺小的人影，正毫不畏懼的張開雙臂，迎向這顆足以燃盡世間所有罪惡的火焰之球。

那人影正是蒼蠅王。

「女神。」太陽滾來，瞬間將蒼蠅王整個身體，完完全全的吞噬。「等著我，我會回來。」

等著我，我會回來。

然後，太陽轟隆滾過。

地面上，只留下一條被拉得好長好長的焦黑痕跡。

第二局結束，蒼蠅王，敗。

敗得徹底，敗得無話可說。

當蒼蠅王被巨大的太陽滾過，這一剎那，黎明的石碑上出現了一個數字。

那數字叫做收視率。

「百分之八十四。」

其數字包含了網路、電視、手機，所有可以收訊的軟體的收看率，竟高達百分之八十四。

而收視率瞬間衝破八十四後，又開始像是溜滑梯般快速下降，轉眼降到了五十、四十，然後二十……

因為多數的玩家都已經明白，這場女神單挑玩家的結局。

雖然蒼蠅王很強，他來自舊約神系，能自在幻化成蒼蠅，一身苦練數百年的體魄，甚至能操縱死海古卷這種神秘的惡魔寶典……

但，他還是輸了。

在死者之書的太陽牌之下，蒼蠅王終究化成了粉塵。

原因只有一個，因為他的對手是神，是一個叫做伊希斯的女神。

就算僅剩下三成力量，照樣殲滅蒼蠅王的真正強者。

「呼。」女神宛如散步般的走著，找回了那張因為激戰而倒下的椅子，然後把椅子立起，舒服的坐下。

然後她閉上了眼，輕輕呼出一口氣。

此刻的她，感覺到些許疲倦。是的，從自己被聖甲蟲喚醒到現在，她毀滅了殭屍軍團，拆毀了立法院，然後打敗了濕婆，擊潰了獵鬼小組，現在更用太陽牌蒸發了這個心腹之患，蒼蠅王。

她現在，只想閉著眼，稍稍的休息一下。

然後，女神忽然笑了，因為她想起，在這個空間中，還有一個人尚未處理，就是猜出隱形牌的狡猾女子。

「九尾狐。」女神閉著眼，「此刻的妳，在想什麼呢？」

九尾狐從柱子後面走出，美豔的臉上，帶著些許對女神的敬畏，也帶著些許身為大妖的尊嚴。

「我在想，妳應該要殺我了。」九尾狐笑著。

「為什麼？」

「因為我剛搗蛋了，我識破了妳的行蹤。」九尾狐慢慢的說著，同時身上的靈力若隱若現，似乎正等待著女神出招。

但女神卻只是閉著眼，靠在椅子上，輕輕的搖了搖頭。

「我不會殺妳，至少現在不會。」女神慢慢的說著，「因為妳背後有一個傻瓜。」

「我背後有一個傻瓜？」

「是啊，雖然很強，但卻很傻的傻瓜，」女神嘴角微微牽動，「現在殺了妳，那個傻瓜大概會從火車站門口直接衝過來吧。三成的我，可真的不是他的對手。」

「嘻，妳說的傻瓜，是指笨蛋蚩尤吧。」九尾狐說到這，聲音微微揚起，有些害羞，更有些驕傲。

「呵，是啊。」女神仍然閉著眼，「其實，每個女孩都期待著這樣一個傻瓜，專心保護著自己。」

「女神，妳也有啊。」九尾狐看著女神，「那個梅花A賽特……」

「嗯，」女神慢慢的、慢慢的睜開了眼，「我知道，只是……當我成為埃及主神的那一刻起，有些事就已經無可奈何，就已經必須捨棄了，不是嗎？」

「嗯……」此刻，九尾狐看著女神，忽然有些懂了。

現在的女神，有一點點寂寞。

這寂寞，是因為她剛剛擊殺了最後一個敵人，蒼蠅王。

早從地獄遊戲現蹤開始，各大勢力紛紛加入戰局，其中最強的是印度神系濕婆，他號召黑榜群魔，在地獄列車上揭開這場爭奪戰的序幕。

而女神則委託阿努比斯，化成三道聖器隱藏入遊戲中，她能忍，她夠能忍，所以她最後擊敗了濕婆。

當濕婆敗北，女神剩下最強的一個敵人，也是另一個佈局已久、實力雄厚的高手，就是蒼蠅王。

蒼蠅王忍的時間比女神長，忍的程度比女神更強韌，他苦練多時，更等到女神只剩下三成功力時才正式出手，最後，卻也敗給了女神。

此刻的女神，已經沒有對手了。

這些鬥了千百年的高手，都被她擊敗了。。

現在的她，竟然有點寂寞。

長達千年的賭局，輸家也許挫敗，但賭桌上最後的贏家，卻也難免寂寞。

「所以，女神，妳不殺我？」九尾狐歪著頭，看著女神。

「嗯，妳走吧。」女神淡淡一笑。

「女神，其實妳不用寂寞。」九尾狐像是想到了什麼似的，停下腳步。

「嗯？」

「因為妳就算擊敗了蒼蠅王，還有一群人，妳不能小覷。」

「誰？」

「獵鬼小組。」九尾狐溫柔一笑，「尤其是裡面的少年H。」

「是嗎？」女神笑了，「那距離十二點還有兩個半小時的現在，我很期待他們再回來。」

「嗯，他們一定會回來的。」九尾狐慢慢往後退，就要退離火車站大廳，忽然，她內心閃過一絲納悶。

是不是有什麼事情，她忘了？

一件很重要的事情，她忘記了？

這件事是從她離開土地公後才發生的，當時她差點被項羽亡靈的奇異一刀所殺，最後，她還拿到一個東西，是關於蒼蠅王的……

對了，九尾狐想起來了。

是羽毛。

就是那潔白如雪的羽毛。

然後，九尾狐回過頭，她眼睛看過女神，又看過這個寬闊的台北火車站大廳，看過剛剛被太陽滾過後、留下的那條長長的焦黑痕跡。

「蒼蠅王啊，」九尾狐忽然嘴角揚起，「你還有絕招對不對？」

然後，九尾狐的眼睛裡，突然看不見了這座台北火車站大廳。

在她眼前的世界，只剩下一大片刺眼的白光，白光中還飄著優雅的香氣，悅耳且舒適的聖樂，連空氣都變得溫馨起來。
這樣的感覺，竟讓九尾狐想起自己還很小很小的時候，躺在狐狸媽媽懷抱的那段溫暖時光。
「這究竟是？」九尾狐瞇起眼，隨著聖樂輕輕搖動身體，「究竟是什麼力量，進入了這裡……」
答案，馬上就揭曉了。
因為，當九尾狐逐漸適應了眼前的白光時，她看到了女神。
女神竟然倒下了。
一路戰過白起、濕婆、獵鬼小組，以及兩度擊敗蒼蠅王的女神，竟在此刻倒下了。
她不只倒下，胸口更被插上一把純白色的矛，這矛很美，不只白到晶瑩如雪，上頭更佈滿了一片片美麗的羽毛。
而且這些羽毛的模樣，九尾狐似曾相識。「這不就是，項羽亡靈交給我的，訴說蒼蠅王最後秘密的羽毛嗎？」
「這到底怎麼回事？」九尾狐看著倒下的女神，深深訝異著。「剛剛那一瞬間，究竟發生了什麼事？」
接著，九尾狐更看到了那把矛旁，一個人影正在慢慢的現身。
先是握住長矛的那隻手，來自一個穿著一襲白色長袍、金髮，美麗中透露著莊嚴的男子。

而那男子的背部，更長著六對形狀如火焰，顏色卻是水晶般透明的翅膀。

然後，那名白衣男子開口說話了。

他慢慢的說著，語氣威嚴中帶著自信，彷彿是來自雲端之上神的聲音。

「女神，這短暫的第三局。」白衣男子語氣微微上揚，「算是我蒼蠅王勝了吧？」

也在這一秒鐘，黎明的石碑上混亂了。

那些以為女神得勝，將電視轉開、將網路切回遊戲畫面，或是起身上廁所的人，都後悔了。

因為他們錯過了這逆轉的瞬間，只能回到黎明的石碑上拚命留言。

其中，第一名的留言是這樣寫的：「殺了我吧！我究竟錯過了什麼？」

底下超過十萬筆的留言，都問著相同的問題，那一秒，當女神坐回椅子，沉浸在勝利的寂寞中之時……到底發生了什麼事？

那柄帶著羽毛的白色長矛，又是如何射中女神的胸膛，讓她如花瓣飄落在地上？

而永遠身穿如同深夜般黑色的蒼蠅王，又如何變成這副模樣？

那一秒，到底發生了什麼事？

所有人發現，在黎明的石碑中，找不到答案，於是他們轉而開始搜尋地獄遊戲之中的網路，總是有人會錄下重要的影片，並且快速放到網路上，只要找到那影片，就可以解開這一秒鐘的逆轉之謎。

但，沒有。

數百萬雙玩家的眼睛，上萬個轉播的據點，超過數十台的攝影機捕捉著女神的一舉一動，但卻都漏了這一秒。

消失的一秒。

玩家們幾乎瘋狂，他們不只讓黎明的石碑上的留言數衝破十萬，造成所謂的「藍爆」、「紅爆」，甚至是「紫爆」的現象……

更有許多玩家已經離開了坐到發燙的椅子，拿起自己的遊戲道具，搭上捷運與火車，走上街頭與騎上腳踏車，他們要包圍台北火車站。

他們要知道，這一秒，女神為何而敗？不然，他們絕不罷休。

最可能知道這一切的人，正坐在台北火車站的門口。

他是土地公，只見他慢慢的收起剛剛吃完的便當盒，然後打了一個長長的飽嗝。

「就說蒼蠅王這傢伙沒這麼簡單嘛。」土地公起身，拍了拍肚皮。

「嗯。」賽特沉默著，也緩緩起身。

「幹嘛，女神被打倒在地上了，你怎麼一點都不緊張？」土地公抬頭看著賽特。

「女神是輸了。」賽特慢慢的說，「就第三局而言。」

「喔？」

「但，以我對伊希斯的認識，」賽特淡淡一笑，「她會在第四局逆轉。」

「都被打成這樣了，還有第四局？」土地公咧嘴笑了。

「她可是伊希斯，讓我愛了幾千年、又讓我完全得不到的女人。」賽特搖頭苦笑，「她肯定還有第四局。」

「喔？」土地公瞇著眼睛瞧了女神半晌，「這樣說起來，是很有可能。」

「而且我敢斷定一件事。」賽特微笑。

「哪件事？」

「第四局，肯定就是女神與蒼蠅王比賽的……最後一局！」

只是，女神已經重傷倒地，她要如何重新啟動第四局？更何況，眼前的蒼蠅王究竟為何會擁有這樣的形態？

消失的一秒間，到底發生了什麼事？

現場中，最接近真相的人，就是九尾狐。

只見她睜大了美麗的眼睛，滿臉驚訝。

「我的天，」九尾狐感到自己的身軀正在顫抖，「第四局，女神，妳竟然要啟動這樣的戰鬥？妳竟然敢啟動這樣的戰鬥？」

妳，竟然要啟動這樣的戰鬥？

第五章　林口

林口，某條街道。

二十三號與狼人T攜手，攔截蛙神與眼鏡蛇神，搶奪黑蕊花，雖然二十三號與狼人T藉著宛如魔術般的籃球進攻技巧，擊敗了眼鏡王蛇，並取得了黑蕊花，但眼鏡王蛇身為南方埃及神系之首，又豈是等閒之輩？

眼鏡王蛇施展了與貓女九命類似的特殊技能——「褪」，讓狼人T和二十三號以為自己擊殺了敵人，事實上，卻只是另一個致命陷阱的起點而已。

這個陷阱，更因此要了二十三號的生命。

而狼人T更因為原本最強大的靈力心臟停止運轉，只能帶著黑蕊花倉皇逃命，只是身受重傷的他，正停在公園休息之時，四個人影卻籠罩住了他。

其中一個，少了左手，戴著一副深度眼鏡，看起來就是一個十足的電子迷宅男。

「你……」狼人T訝異，「是你？」

「是我。」眼鏡男露出帶著些許邪氣的微笑。「正是我，台灣獵鬼小組之一，斐尼斯代理團長，眼鏡猴。」

眼鏡猴……

在獵鬼小組中專司電子儀器，後來的七日之約後加入了斐尼斯團，之後多次參與戰局，是少年H的老友之一。

「是自己人啊。」狼人T原本繃緊的神經，再度鬆懈下來，露出了笑容。「你怎麼會來這裡？是少年H找你來的嗎？」

「呵呵，不是，但也差不多了。」眼鏡猴伸出唯一的手，把狼人T從椅子上拉了起來。「你一個人身受重傷，留在這裡挺危險的，到我那裡吧。」

「可是，比爾要我在這裡和吸血鬼女會合……」

比爾，是超級電腦的操縱者，他可以藉由超級電腦掌握天上超過萬顆的衛星，對整個地獄遊戲進行監控。

這場黑蕊花的爭奪戰，就如同是他與阿努比斯的對弈。

「我知道比爾，我還知道他的英文名字哩，是 Bill 對吧？我還在現實世界的時候，他就是個像神一樣的電腦高手。」眼鏡猴一笑，「尤其對所有電子迷來說，唯一可以與之匹敵、甚至凌駕其上的，就是蘋果的創辦人，賈先生。」

「電子迷？蘋果創辦人？」狼人T聽得是一頭霧水。「那是什麼？可以吃嗎？」

「和你說這個，呵呵，你大概也不懂吧。」眼鏡猴笑了笑，「你見過我的夥伴了嗎？這三個人可是我進入遊戲以後才認識的，我們原本合稱斐尼斯四天王。」

「喔？」狼人T抬頭，聽著眼鏡猴的介紹。

長得又圓又胖，相當可愛的是熊貓，團團。

長得瘦長，帶著狡猾氣息的是鬣狗。

還有一個全身包裹在長刺的外套中，臉孔卻清純可愛的，是刺蝟女。

「他們都因為遊戲而動物化了？呵呵，某種程度來說，我們有點像。」狼人T咧嘴一笑，「因為我的血統有一半是狼喔。」

「咯咯，是啊，因為我們是斐尼斯團啊。」眼鏡猴也笑，「狼人T，走吧，我帶你去安全的地方。」

「嗯。」狼人T遲疑了半秒，還是起身，雖然一股不安的感覺盤繞在他的心頭，他仍選擇相信朋友。

而且，這人還是少年H的朋友。

「對了，狼人T，你現在是不是不能白狼化？」眼鏡猴走了幾步，問道。

「你怎麼知道？」

「以你衝動的個性，咯咯，一定早就啟動靈力心臟，痛扁那條臭蛇了吧。你遲遲不用這項絕招，肯定是因為無法發動了。」眼鏡猴這樣說道。

「你很聰明欸。」狼人T敬佩的說，「不愧是少年H的朋友。」

「而且，我的聰明可不只如此喔。」眼鏡猴把臉湊近了狼人T，「我有辦法把你的靈力心臟叫醒哩。」

「啊。」狼人T張大了嘴，「真的嗎？」

「當然，比爾也許是電子迷的神，但神做不到的，人未必做不到啊。」眼鏡猴咯咯的笑著。

「那太好了，我們就去你那裡吧！」狼人T心情雀躍，聽到自己的靈力心臟能夠被復原，更表示他能與西兒重新取回某種程度的聯繫，他心情大好，也不再理會剛剛不安的感覺。

也因為這份雀躍，讓狼人T這個粗線條的漢子，完全沒有注意到，在眼鏡猴的斐尼斯夥伴之中，有一個人露出了擔憂的眼神。

那個人全身包裹在堅硬的刺中，內心卻是最溫柔的，她是刺蝟女。

只是，她又何必擔憂呢？難道眼鏡猴在台北火車站被殭屍廉頗所敗以後，又發生了什麼事嗎？他又為何如此充滿自信，能夠解開連比爾都束手無策的狼人T的心臟問題呢？

當狼人T離開公園後的三分鐘，原本與他約好，在此交會的夥伴來了。

她們是剛剛找過九指丐的兩大美女，吸血鬼女與小桃。

走在路上，吸血鬼女注意到小桃正看著手機裡面的通訊錄。

「幹嘛？妳在看九指丐的電話？」吸血鬼女瞄了一眼，九指丐的名字躍入眼中。

「嘻嘻，被發現了。」小桃把手機放下，微微一笑。「我只是覺得九指丐的電話有點笨，什麼 8549？不知道是不是真的？」

「呵呵，妳和九指丐好像很熟？」

「也不算熟啦，但曾經打過一次架。」小桃眼睛遙望遠方，心則飛到了回憶裡，「那時候我潛入遊俠團，原本是想偷偷見自己很崇拜的夜王一面，結果碰到了這個偽裝成夜王的臭傢伙。」

「臭傢伙，妳是說九指丐嗎？」吸血鬼女冷豔的臉，似乎察覺到了什麼，露出奇妙的微笑。

「對啊，一開始，我還沒發現他是假扮的，後來聞到他身上沒洗澡的臭味，就發現啦！但，我可是很給他面子，沒有當面戳破他欸。雖然，他自己也心知肚明吧。」回想起自己錯失見到夜王的大好機會，小桃越說越激動。

而聽著小桃連珠砲般的數落起九指丐，吸血鬼女臉上的笑意更深了。

「吼，他真的又臭又髒，一點英雄氣概都沒有，不過指揮起遊俠團倒是有模有樣，」小桃不怒反笑，「這麼大的一個薔薇團，被他困在南陽街裡頭，硬生生的完全殲滅。」

「還滿強的啊他。」

「是啊，他算是有一點腦袋啦，如果願意多洗澡就好了。」小桃微笑，「這麼臭又這麼髒，這樣下去，有哪個女生會喜歡他啊？」

「喜歡他？」吸血鬼女歪著頭，看著小桃，露出笑容。

「沒、沒有啦！」小桃的臉突然紅了，「我不是說我自己喔，我只是擔心他啦，看起來很孤單，又色色的，應該很需要女生愛他吧？」

「需不需要女生喜歡，我不知道。」吸血鬼女一笑，「但我其實早就聽過這個名字了。」

「妳也知道他？」

「他是黑榜上的人物啊。我們獵鬼小組的工作，就是逮捕作亂的黑榜妖怪，他的排行不算前面，大概是兩三百名吧，但我卻對他留下深刻的印象。」

「喔？真的？」小桃眼睛睜大。

「第一次遇到他，當時我們正在逮捕幾台汽車妖怪……」

「汽車妖怪？」小桃的大眼睛眨啊眨的，「汽車也有妖怪？」

「有喔，人類的想像力會催化妖怪的誕生，所以每個東西都可能是妖怪，何況是人們常開的汽車。上次遇到的汽車妖怪，原本是黃色跑車，一旦啟動，就變成了一個叫做『大黃瘋』的傢伙；還有卡車變成的『柯博蚊』、飛機變成的『密卡登』。」吸血鬼女說到這，不禁連連搖頭，「這些妖怪的特點就是很喜愛搞爆破畫面，只要他們開始作亂，什麼大廈樓頂、什麼房屋都被亂打一通，甚至還摧毀了一整區的舊房子……」

「呵呵，然後呢？那九指丐為什麼會出現？」

「當時我們獵鬼小組，嗯，還包括狼人T和少年H喔，發現這幾隻只會搞破壞的汽車妖怪，竟然懂得組織戰鬥，還懂得打游擊戰，讓我們花了好幾倍力氣才抓到他們，那時候我們就開始懷疑，是不是有其他妖怪介入。」吸血鬼女歪著頭，「於是我們請蒼蠅王，調查當時出現在那座城市的妖怪，裡面，竟然出現『九指丐』的名字。」

「九指丐也在嗎？」小桃聽得是興趣盎然，忍不住持續追問。

「後來還有幾次妖怪作亂，像是一個重金屬中毒，導致全身肌肉膨脹的男人，叫做什麼『金鋼螂』；還有一個不小心把核子爐塞到自己胸口的怪人，叫做『肛鐵人』，他們到處破壞城市，搗毀建築物……」吸血鬼女說，「而且奇妙的是，每次這些妖怪作亂，都有一個共通點……就是，九指丐都在那座城市裡面。」

「等等，吸血鬼女，妳是說，九指丐就是這幾次妖怪作亂的主謀嗎？」

「真的令人懷疑。不過話說回來，這些妖怪作亂都很有分寸，只破壞建築物，不傷人，所以被我們抓了以後，沒多久就被放出來了。」吸血鬼女想到這，笑了笑，「後來更因為作亂而紅了起來，甚至被人類導演相中，拍了電影，大紅大紫啊。」

「那九指丐呢？他幹嘛要策動這些妖怪作亂啊？」

「我們找不到證據，但少年H卻猜到了一個原因，很荒唐，但也是最可能的原因。」

「什麼原因？」

「其實九指丐是受到每座被破壞的城市的委託。」吸血鬼女慢慢說著，「特地請他們去破壞那座城市的。」

「啊？」小桃張大嘴巴，「為什麼？怎麼會有人拜託別人破壞自己的家呢？」

「有啊，有種東西叫做『都市更新計畫』，妳知道嗎？」

「都市更新計畫……」小桃喃喃自語，她想起來了，她在現實世界的時候，的確聽過這個詞，大意就是都市的人口不斷激增，所以要去除掉一些舊的建築，建設一些更新穎、更方便，同時能容納更多人的建設。

「是啊，這些都市想要改建，但總是很多人有想法，有人更想趁機謀利，如果這時候來了幾隻妖怪，把建築物通通打壞，重建起來就方便了。」吸血鬼女淡然一笑，「反正妖怪只要不惡意傷人，罪責都很輕，所以關個幾年就出來了，接下來又可以得到不少城市提供的好處，何樂而不為呢？」

「所以……」小桃想到這，忍不住露出了笑容，「九指丐鬼點子挺多，但不算壞人？」

「他雖然狡猾多詐，但的確不算壞人，所以我們也沒認真抓他。」吸血鬼女沉吟，「不過，沒想到他也會出現在地獄遊戲裡面，更成為黑蕊花誕生的見證者。」

「是啊，真是奇妙。」

「嗯，但是，我擔心的卻不是這個。」吸血鬼女歪著頭，同樣擁有高度謀略頭腦的她，內心閃過一絲異樣。

是關於九指丐的異樣。

如果真是這個懂得利用暴力妖怪，與城市完成交易的麻煩人物，會在拿到黑蕊花之後，乖乖的雙手奉送給傑森嗎？

抑或，九指丐就是知道地獄遊戲之中高手如雲，他拿著黑蕊花反而危險？所以寧可把燙手山芋丟掉？

真的嗎？以鬼謀著稱的九指丐，真的只有這麼簡單嗎？

「別擔心啦，吸血鬼女，我覺得九指丐雖然狡猾了一點，但不是壞人。」小桃手比著前方。「對了，我們和狼人T約定的地方，就在前面，是嗎？」

「是啊，咦？」吸血鬼女走了幾步，突然停住。

「怎麼？」小桃轉過頭，但卻頓住了，只因她的身體陡然失去了平衡。

因為吸血鬼女抓住了她的手臂，然後猛然往後一拉。

「吸血鬼女，妳幹嘛啦！」小桃尖叫著，但下一秒，她就懂了，因為就在她方才所站的位置，底下竟然出現了一個漩渦。

「這是……」小桃滿臉訝異。

「這就是那條蛇！」吸血鬼女一方面用左手將小桃往後拉，一方面身體往前，右手的爪子綻放靈光，往前揮去。

地面的漩渦拔地而起，速度快如一道猛烈閃電，在空中畫出一個「ㄣ」字形，朝著吸血鬼女而來。

漩渦來得雖快，但吸血鬼女的爪子卻已早一步揮出，雙方瞬間交會而過。

漩渦落地，快速成形，先是化成一條巨大的眼鏡王蛇，然後又變成了人形，一個禿著頭、戴著墨鏡的中年大叔。

只見他想伸手扶墨鏡，但墨鏡卻在下一刻裂成了兩半。

「好爪子。」禿頭男的墨鏡落下，露出底下一雙有著深深黑眼圈，酒色財氣無一不缺的眼睛。「久仰大名了，果然是讓黑榜妖怪聞之喪膽的吸血鬼女！」

另一頭，吸血鬼女也與眼鏡王蛇交會而過，她背後的長大衣飄起，跟著落地。

同時間，她右手小指的指甲，嗶的一聲崩裂。

「好牙。」吸血鬼女回頭，露出一個迷人的笑容。「不愧是埃及南方神系之主，眼鏡王蛇。」

「咯咯，吸血鬼女。」墨鏡男歪著頭，「看樣子，如果我要找那頭臭狼，要先過妳這關對吧？」

「當然。」吸血鬼女往前一站，黑色長大衣隨風飄動，美麗與氣勢兼具，讓人目眩神迷。

「咯咯。」墨鏡男的身體慢慢改變，越來越長，越來越長，最後又變回一條巨大的眼鏡王蛇。

只見吸血鬼女定定的看著這條蛇逐漸變化完成，忽然，她側過頭，對著身旁的小桃說。

「小桃，我們必須一起戰鬥。」

「啊？一起戰鬥？」小桃一愣。

「因為，根據我多年的戰鬥經驗告訴我。」吸血鬼女表情慎重，「這條臭蛇……比我還強！」

「比……妳還強？妳不是獵鬼小組中，失敗率最低的高手嗎？」

「是的，但……」吸血鬼女眼睛瞇起，「這條蛇雖然其貌不揚，但他真的很強，擁有古埃及神祇的神力豐沛與強大，就算我經過了德古拉伯爵與血腥瑪麗的洗禮，恐怕還不是他的對手。」

「真的？」小桃訝異，「對方這麼強啊？」

「看到他，我也明白了一件事，為什麼以那頭笨狼的韌性和戰鬥意志，和二十三號聯手後，還是會弄到一個死了，一個逃了。」吸血鬼女吸了一口氣，同一時間，眼鏡王蛇動了。

他在空中劃出一道閃電，朝著吸血鬼女和小桃猛力衝來。

「就讓我們聯手，」吸血鬼女蹲下，「給這條臭蛇，一個真正的教訓吧！」

林口的另一頭，這裡是狼人T的位置，他跟著眼鏡猴，離開了公園，然後走到了一間黑黑小小的平房裡。

「就是這裡嗎？你的基地？」狼人T矮著身子，穿過了小小的門。

「這裡是林口最早發展的地區，叫做林口老街，我在這裡弄了一間小房子，架設了我的設備。」眼鏡猴把燈打開。

當燈亮起時，狼人T不禁啊的一聲。

因為這裡的景色，和外面破舊的平房相比，實在差異太大了。

外面是經歷了超過五十年老舊的建物，牆面灰敗斑駁；但燈一亮起，裡面卻是佈滿了電纜線，超過二十台電腦交替閃爍著各種訊息，宛如一座高科技的碉堡。

不過奇怪的是，整個屋子的中央，卻是一張床。

這張床的邊緣，放置著各種狼人T想都沒想過的測量儀器。

「這是你的基地？在這麼短的時間以內，就在林口建造一個這樣的基地？你很厲害啊，眼鏡猴。」狼人T東張西望，讚嘆連連。

「其實這並不是我一個人完成的。」眼鏡猴走到其中一台電腦前，鍵入幾個訊息。

那台電腦像是被喚醒一樣，開始進入各式各樣的畫面，這些畫面有的是不斷跳動的電子數據，有的是像時鐘一樣的指針跳動，更有許多上升與下降的波形不斷移動。

看起來，這些儀器不只精密，更是複雜。

眼鏡猴雖然是罕見的靈電子學天才，但以他之力，如何在短短的時間內，架構起這麼複雜的儀器空間？

「那還有誰幫忙？」狼人T納悶，是誰有這麼大的能耐，可以幫眼鏡猴實現願望？

「一個朋友。」眼鏡猴回過頭，扶了扶眼鏡，對著狼人T微笑，「是他給了我力量，實現了我的願望。」

「喔，想來是一個很厲害的朋友。」狼人T咧嘴一笑。

「是啊，而且透過他，不但實現了我架設這些設備的夢想，更讓我完成許多實驗，這些實驗也讓我的夥伴越來越強……」眼鏡猴的手指比了比那些夥伴。

巨大的熊貓和鬣狗同時揮手，只有刺蝟女的眼神迴避了狼人T。

「喔，只是……」狼人T終於發現了刺蝟女的表情愁苦。「你的夥伴裡面，這女生看起來好像快要哭了……」

「天生的表情吧。」眼鏡猴走到一台玻璃罩前，按下一個按鈕，玻璃罩打開，一隻機械手臂伸出，就裝在他斷掉的左手上。「別管她了。」

「喔。」狼人T看了刺蝟女一眼，他老覺得這女孩有話想講，卻又不敢講，肯定有心事。

「這是我透過那朋友的力量，所研發出來的超級機器手臂，它讓我比原本的手臂更靈活、力量更大，也能處理更精密的動作。」眼鏡猴對著狼人T微笑。「說到這，狼人T，你說你的靈力心臟有問題？」

「是啊。」狼人T用力點頭。「這顆心臟不知道怎麼搞的，自從和女神打過以後，就一直在沉睡。」

「嗯，那請你躺在這張床上吧。」眼鏡猴比了比位在房間中央的那張床。

「好。」

「現在，就讓我這個機器醫生，」眼鏡猴捲起袖子，「看看你的心臟，到底出了什麼問題吧？」

「嗯。」狼人T想也沒想，就蹦上了床，沉重的身軀還引來床架一陣哀號般的嘎嘎聲。

「接下來，請你閉上眼睛，」眼鏡猴微笑，「要進行檢查與治療了。」

「好。」狼人T依言閉上了眼睛。

但，當狼人T放心將自己的身體，完全交給少年H的老友眼鏡猴之時，狼人T卻不知道，眼鏡猴此刻的表情，竟閃過一絲陰森的詭笑。

「狼人T，你可以放心，你的這顆心臟很寶貝，它蘊含的能量極為驚人，不但可以讓你白狼化，甚至可以打開亞空間，絕對是地獄之中罕見的寶物。」眼鏡猴的笑容越來越詭異，「相信我，我一定會好好的，照顧它的。」

狼人T眼睛閉著，感覺這張床傳來陣陣奇妙的脈動，接著狼人T的鼻子聞到了一種帶著甜香的氣體，竟讓他在不到短短幾秒鐘內，就不省人事的睡著了。

「啊，小狼人，親愛的小小的狼人啊，我剛剛好像忘記和你說一件事了，咯咯。」眼鏡猴把臉湊近了狼人T熟睡的臉旁。「我這基地真的什麼都好，工具齊全，設備完整，就連防禦衛星偵測的系統，我都有喔。」

「你懂嗎?小狼人。」眼鏡猴拍了拍狼人T的臉，「你的那個Bill朋友，雖然在人世間是一個電子之神，但遇到足以抵抗他衛星偵測的系統時，恐怕也只能束手無策了。」

狼人T的臉被眼鏡猴這樣拍打，卻動也不動，顯然已經進入了深度的麻醉。

這個經歷了無數血戰、逃過無數生死關頭的狼人T，如今卻因為錯信了朋友，將自己置於如此危險的境地。

「咯咯，咯咯，咯咯咯咯，睡得很熟，很好啊。」眼鏡猴笑了，笑得好開心。「你的寶貝心臟，我一定會好好珍惜的啊。」

眼鏡猴不懷好意的笑著。但，令人費解的是，原本的他，雖然有些奸滑，但絕非如此邪惡之輩，為何現在卻有了如此巨大的改變？

他究竟遇到了什麼事？那個朋友又是誰？

曾經的夥伴，熊貓和鬣狗，只是面容冰冷的沉默不語。

唯一仍帶著感情的，是刺蝟女，但她的表情上只寫了兩個字：擔憂。

哀傷而無奈的擔憂。

林口，一家咖啡館。

比爾一直在玩弄著手上的平板電腦，始終將戰局操縱如魚得水的他，首次露出奇怪的表情。

「訊號不見了。」

「不見了？」貓女把頭移了過來，一起看著平板電腦。「是誰不見了？」

「狼人T。」比爾沉吟。「不久前，他在二十三號的掩護下，逃離了眼鏡王蛇的攻擊，我還發了簡訊，要他在公園和吸血鬼女碰頭，沒想到，他卻突然失去了訊號。」

「可是，你的超級電腦不是能追蹤任何一個玩家嗎？」貓女眨著美麗的大眼睛，問道。

「是啊，」比爾托著下巴，「除非對方是像蚩尤的神魔之輩，可以隱藏自身的程式……」

「可是，狼人T不是神魔，這傢伙也沒那麼多心機。」貓女搖頭。「他不會自己故意消失的。」

「那就奇怪了。這就表示，有人也啟動了類似超級電腦的系統，對我們進行反偵察。」

「反偵察……」

「那表示狼人T被抓了，」比爾冷笑，「而且，還有人有能耐架構一台超級電腦。」

「啊？」

「我們這台超級電腦是我花了數年的心血結晶，對方電腦的等級應該不會那麼高，但可以肯定的是……」比爾微笑，「對方也是一個電腦高手。」

「喔。」

「沒關係，我一定會追蹤到你。」比爾露出興奮的挑戰神情，「我就說，這個地獄遊戲，實在太好玩了啊！」

* * *

林口老街，也就是眼鏡猴的秘密基地。

狼人T躺在床上呼呼大睡，而他的身旁，則站著已經接上一隻機械手臂的眼鏡猴。

只見他舉起了機械手臂，手臂上的齒輪與橫軸快速轉動，這一轉，五根指頭就轉成了一把鋒利的鑽子。

「對了，在我拆下狼人T的心臟之前，鬣狗，把黑蕊花拿走吧。」眼鏡猴說，「免得被我的刀子給傷到了。」

鬣狗點頭，走向狼人T，一陣翻找之後，沒有在他的衣物內找到這朵黑蕊花，正當鬣狗疑惑之際，卻發現那朵花竟然在……

狼人T的拳頭中。

就算已經昏迷，就算已經喪失了意識，狼人T依然沒有忘記與二十三號的承諾，用他最堅強也最信任的拳頭，緊緊的保護著這朵花。

「把花，給我……」鬣狗試圖扳開狼人T的拳頭，但無論他怎麼扳，狼人T的拳頭就像是鋼鑄的一般，怎麼扳，都扳不動。

「老大，扳不動。」鬣狗累得是滿頭大汗，「這頭狼的握力好強，實在超過我的力量。」

「換我試試看。」熊貓團團接手，但粗壯的他使盡了吃奶的力氣，卻一點也無法撼動狼人T的拳頭。

這拳頭，簡直和鐵鑄的沒兩樣啊。

「換我。」眼鏡猴啟動機器手臂，試圖撬開狼人T的拳頭，機器手臂的力氣驚人，連一棟大樓都可以擊毀，卻也沒能扳動狼人T的拳頭。

而且不只如此，狼人T的身體動了兩下，另一隻手突然握拳，然後朝著機械手臂猛力揮來。

「糟。」眼鏡猴急忙收回機械手臂，這一收，狼人T的拳頭也停了。

停在距離機械手臂只有一公分的地方。

只是此刻的狼人T眼睛仍然緊閉，保持在昏迷沉睡的狀態。

「還好沒醒，這狼人T真麻煩……」眼鏡猴見狀，咬了咬牙，慢慢抽回機械手臂。「明明還在昏迷，卻為了一個朋友託付的東西，啟動自動攻擊能力，這傢伙的腦袋和身體到底是什麼做的啊？」

「老大，撬不開狼人T的拳頭，那我們該怎麼辦？」

「算了，我們直接把他的拳頭給鋸下來，看他只剩下一個拳頭，還能不能作怪！」眼鏡猴想出了一個極度可怕的點子。

聽到眼鏡猴想出這樣的壞點子，熊貓和鬣狗同時張開嘴巴，但又害怕的閉上，開始四處找鋸子，真的打算把狼人T的手給鋸下來。

可是，他們才把鋸子拿給眼鏡猴時，忽然，眼鏡猴的手就被一雙纖細的手臂給抱住。眼鏡猴回頭，看見刺蝟女滿是眼淚的眼睛，「別了吧，猴子，你不是這樣的人啊，為什麼自從你和『那個人』許了願之後，就整個變了！你到底發生了什麼事？」

「女人別管。」眼鏡猴的手一揮，就揮開了刺蝟女，「我們男人的野心和願望，妳們女人怎麼會懂？」

「眼鏡猴……」

「我向那個人許了願，而他給了我力量，這不是正好嗎？」眼鏡猴扶了扶眼鏡，再度露出陌生的邪惡眼神。「只要我把這顆心臟給他，他也不要黑蕊花，還給我強大的靈力，讓我建造起這驚人的電腦設備，我們是各取所需！」

「才不是，眼鏡猴，」刺蝟女急得哭出來，「你沒想到當你完成了願望之後，整個人都變了，變得好邪惡、好壞。你說過，那個人的願望不能隨便拿，拿了就會付出代價；你也曾說過，開膛手傑克就是一個例子，你忘了嗎？」

「開膛手傑克，就算他是紅心J，也只是一個笨蛋，現在的我，如果認真起來，可能連K字輩的都可以幹掉。」眼鏡猴面目猙獰。

「眼鏡猴……」

「算了，被妳一鬧，我也不想鋸下狼人T的手了！」眼鏡猴再度舉起他的機械手臂，對準著狼人T的心臟，用力往下，「直接對心臟做處理好了。」

眼鏡猴的機械手臂高速轉動，如同一枚鑽子，朝著狼人T的胸口，直接鑽了下去。

鮮血，噴出。

狼人T顫動了一下，在強力的催眠氣體和強大的電子儀器控制下，他還是沒有醒過來。

「狼人T啊狼人T，要怪，就怪你有一顆太過值錢的心臟，還有……你實在太相信朋友了！」眼鏡猴冷笑。

說完，機械手臂從狼人T的胸膛裡慢慢抬高，五根金屬手指中，是一枚溫熱跳動的心臟。

這就是西兒的心，為了拯救狼人T，全力奉獻的心臟。

心臟下方，幾條粗大的血管仍然連著，裡頭的血液規律鼓動，供給這心臟飽滿的養分。

「狼人T，放心把心臟交給我吧，我保證會讓這顆心臟恢復本來的力量！」眼鏡猴狂笑，「它，真正的力量！」

心臟的跳動微微變慢，似乎是聽懂了眼鏡猴的話語，開始害怕。

「接下來，我要切斷血管了。」眼鏡猴大吼，「鬣狗、熊貓、刺蝟女，準備！」

準備！鬣狗和熊貓帶著驚懼趕快動了起來，而刺蝟女微微遲疑，還是加入了協助的陣容。

三人分工合作，快速啟動了房間內數台儀器，這些儀器射出炙熱的白色光線，從四面八方射向了這枚心臟。

心臟被白光包圍，像是冷凍住般，停止了跳動。

「很好，讓心臟處於休眠的狀態。」眼鏡猴獰笑，「然後，是該拿下它的時候了。」

說完，眼鏡猴手上的機械手臂，從高速旋轉的鑽子，變成了鋒利的機械鋼刀。

「動手。」

機械鋼刀閃爍著凜冽光芒，在空氣中揮出了一條半月形的光痕。

光痕抹過了心臟下方緩緩鼓動的血管，然後所有的血管，切口整齊的斷開。

「到手了。」眼鏡猴放聲大笑，「那個人要的東西，我拿到了，哈哈哈哈。這顆心臟真正的價值可不是什麼白狼化，而是亞空間，一個連神都未必能通過的神秘空間，才是這心臟最神奇之處啊！」

「哈哈哈哈哈。」眼鏡猴狂笑著，但他只笑了半秒，真的只有半秒。

血管斷開後，原本被機器白光所冷凍的心臟，正在慢慢的收縮。

越縮越小，小到只剩下原本體積的三分之二之時，心臟卻陡然往外擴開。

這一擴開，更挾帶著雷霆萬鈞的能量爆發。

以心臟為起點，宛如投入水中的巨石，引發洶湧的靈波海嘯。

「糟糕。」所有人同時尖叫，然後同時失去了重心，在海嘯中漂流碰撞。

靈波海嘯中，包括熊貓、鬣狗，以及眼鏡猴，都被這股衝擊波所衝倒，撞上身後的電子儀器，並在海嘯中四處漂流。

但唯獨一人的遭遇完全不同，不僅她所承受的衝擊最小，而且，她還看到了異象。

她是刺蝟女，也是眼鏡猴入魔之後，唯一保持清醒的女孩。

靈波衝擊引發爆炸，而刺蝟女卻在爆炸中，看到了一個女子的身影，立在她的面前，那身影更發出了只有刺蝟女才聽得到的聲音。

『救他。』女子的聲音溫柔而堅強，對刺蝟女懇求著。

「救誰？妳是說，狼人T嗎？」刺蝟女用手掌遮住眼前的靈力衝擊，試圖想要看清楚眼前發聲者的模樣，卻始終只見到一個模糊的影子。

『是，請妳救他。』

「但，我要如何救？」刺蝟女說到這，語氣沮喪，「眼鏡猴入了魔，我又打不贏他。」

『有一個人，可以阻止眼鏡猴；也只有他，讓狼人T百分之百的信任。』那聲音越來越弱，似乎隨著衝擊力的下降，神秘的身影也越來越飄渺。

「是誰？」

『妳知道的……』那聲音已經幾乎不可聽聞了，『那個少年……』

「少年？」刺蝟女想繼續問下去，但那聲音已悄然無息。

取而代之的，是眼鏡猴、熊貓與鬣狗的怒吼聲。

「可惡，沒料到這心臟還有這一招！」鬣狗抹去滿頭的灰塵，拉下滿頭的電線。

「幸好，我們的身體都被眼鏡猴老大給強化了，」熊貓伸出手臂，比出一個健美先生的姿勢，「這一點衝擊，不算什麼。」

「這心臟的靈力衝擊，只是強弩之末而已啦。」眼鏡猴的手，捧著那剛剛從狼人T身上切下來的心臟，心臟在儀器射出的電波包裹下，依然緩慢的跳動著。「心臟安然無恙。」

「老大，那沒有心臟的狼人T怎麼辦？」熊貓問。

「擺著吧。」眼鏡猴扶了扶眼鏡，眼睛閃過一絲邪惡，那是他遇到「那個人」之前，從未出現過的邪惡光芒。

「擺著？」

「狼人是一種生命力極為強韌的種族，就算沒了心臟，大概還可以活一兩天吧。」眼鏡猴冷冷的笑著。

「眼鏡猴老大，你真的變得很壞欸。」鬣狗聽到這裡，忍不住露出又是害怕又是讚嘆的表情。「你快要取代一開始的三腳蟾蜍、後來的劉禪，變成本書最令人討厭的人了。」

「哼。」眼鏡猴抬起頭，邪惡的眼中，閃過一絲極難察覺的悲傷，「我是壞人嗎？誰又知道，當年我加入台灣獵鬼小組的原因呢？」

「原因……」熊貓和鬣狗互望一眼，他們想問，卻又不敢問。

「心臟到手了，刺蝟女……」眼鏡猴說到這，卻突然打住，因為他發現了一件事，「刺蝟女呢？」

「刺蝟女？剛剛不是在這裡嗎？」熊貓和鬣狗左顧右盼，果然沒發現刺蝟女的蹤跡。

「咦？難道被那靈波衝擊給衝碎了嗎？唉，只能說她不願意接受眼鏡猴老大的改造，所以身體比較弱。」

「不見了嗎？這點衝擊殺不死妳的，所以——」眼鏡猴的眼睛慢慢瞇起，「親愛的刺蝟女，妳究竟去哪了呢？」

刺蝟女逃了。

趁著巨大靈波衝擊的時機，她從林口老街逃了出來，

就如同鬣狗和熊貓所言，刺蝟女拒絕了眼鏡猴的改造身體，所以面對如此強力的靈波衝擊，她的處境遠比其他兩個同伴危險得多。

所以，當刺蝟女離開老街時，她身上，至少有三處流著血。

但她卻依然固執的往前走著，因為她已經猜到了答案，那顆心臟懇求她去找的答案。

那個狼人T百分之百信任，又擁有足夠實力去阻止魔化眼鏡猴的少年，整個地獄遊戲中，也只有那麼一個人。

那個人，逃過了女神設下的殺局，肯定也在林口。

只是刺蝟女傷得很重，傷勢不只拖累了她的速度，更可怕的是，她被女神團的玩家們發現了。

以往每個團隊成立，往往代表著一個共同的理念，像天使團是為了找尋老爹的女兒，遊俠團信奉著地下英雄的信條；甚至是斐尼斯團，也是因為崇尚暴力而結合。

但女神團呢？

這個只因為一個突然從網路上跳出來的超強正妹，讓所有玩家瘋狂加入，更重要的是，這團隊來者不拒，是一個只為了壯大而存在的團隊。

所以，這個女神團，根本就沒有所謂的信念。

加入的玩家良莠不齊，有隱藏多年始終不肯入團的高手玩家，更有卑鄙無恥無法被任何團隊接納的爛玩家。

如今，這些玩家的數目超過四十萬，來到了這個名為「林口」的新伺服器，他們依循著女神的命令而來，但卻沒有任何的組織與節制力，於是他們不只殺怪物、不只搶商店，更可怕的，是他們開始獵殺玩家。

會殺玩家，是因為道具。

地獄遊戲的設定中，當玩家死亡時，就會噴出各種道具；按照遊戲的設定，許多罕見的神秘道具，只會在玩家被殺害後出現。

而且，能夠獵殺等級越高的獵物，往往能夠拿到更稀奇的寶物，只是獵物等級一高，獵殺風險也相對提升。

如今，例外卻出現了，那就是刺蝟女。

擁有超過五十的高等級，卻因為靈力衝擊而身受重傷，還獨自一人走在街道上，這樣的獵物，簡直就是千載難逢的大放送。

短短的數分鐘裡面，數百名玩家圍攏聚集在刺蝟女周圍，他們叫出了自己的道具書。

他們都在等，他們也都在笑。

笑著等待，刺蝟女化成道具的瞬間。

但刺蝟女卻只是撐著，拖著疲倦的身子往前，她不能倒，因為她還有一個更重要的任務，她要帶回「那個人」。

因為只有那個人，才可以喚醒入魔的眼鏡猴。

只有那個人可以，因為他就是，少年H。

只是刺蝟女還沒找到少年H，戰鬥，就提前開始了。

林口，街道上。

「刺蝟絕招，千針散。」刺蝟女尖吼，雙手握拳，背上的尖刺，化成千百根爆裂而出的小型飛彈，散射出去。

見到刺蝟女主動攻擊，聚集的玩家們發出驚呼，然後紛紛喚醒了他們手中的道具書。

「商人道具，明朝大殭屍。」一個玩家雙手往地下一按，地上頓時立起一個滿身是泥的殭屍。

噗噗噗噗噗噗，刺蝟針全部射入了殭屍巨大的身軀中。

這時，另一頭的農夫玩家也展開了防禦。

「農夫道具，遮天蔽地的樹林。」五個玩家聯手，一株大樹從地面拔地而起，只是眨眼時間，就立在玩家面前，攔截住來勢洶洶的刺蝟針。

刺蝟針射入密密麻麻的樹葉中，攻勢頓阻，沒有一根刺蝟針能夠飛出這大樹的密葉中。

這一頭，換成士人玩家進行防禦了。

「士人道具，糾纏不斷的化學鍵。」幾個士人玩家叫出了士人專用的道具，糾葛不斷的化學鍵，形成一大張帶刺的巨網。

巨網像是有著磁力，將每根針都吸在線上，刺蝟針抖動幾下，就是突不破這網的磁力。

士人展現道具之後，接下來換最後的工人玩家了。

「工人道具，剷平山峰的推土機。」最後的工人玩家使出道具，在紅色光芒過後，引擎轟隆隆，大地震動，一台推土機從紅光中衝出，衝向刺蝟針。

推土機仗著自己全部都是金屬的硬殼，準備硬接滿天飛來的刺蝟針。

士農工商，四個玩家職業，經過了這些年來地獄遊戲不斷的演練和進化，已經被玩家發揮到極致。

面對刺蝟女的無差別攻擊，他們有如八仙過海，各顯神通。

只是，他們忘記了一件事，那就是他們的對手，不只是一個受了重傷的玩家，她可是擁有五十級以上的戒指，而且，還是一個身懷重大使命的玩家。

她的攻擊，會這麼簡單嗎？

刺，射中了大殭屍，大殭屍狂笑，因為完全不會痛，直到……他發現了每根刺的後面怎麼都亮亮的？

是火花？

所以這不只是刺，而是沖天炮嗎？

這時，卻見到刺蝟女露出虛弱但調皮的笑。

「對不起啦，各位玩家，是我沒把絕招的名字唸清楚。」刺蝟女笑，「這叫做千針沖天炮。」

沖天炮燒到了尾端，然後就會開始發揮它與生俱來的使命，那就是爆炸。

只見大殭屍胸口所有的火花燒到了盡頭，然後，一起爆炸。

大殭屍瞬間化成了一大片泥土，回到了它剛剛出生的地方，然後背後的商人也被火藥所傷，炸成了一大片滿天亂飛的道具。

殭屍炸了，接著炸開的是大樹，大樹體積龐大，吃了更多根沖天炮，炸起來威力更驚人。

當大樹轟然倒下，也順勢壓住了不少玩家，幾秒後，那些玩家就不痛了，因為他們已經變成了道具，道具是不會痛的。

然後推土機也炸了，炸上了天空，巨大輪子又壓死了幾個玩家。

撐到最後的，反而是糾纏不休的化學鍵，但最後化學鍵仍被火藥衝到崩潰，後面的士人玩家，發出高風亮節的慘叫之後，也化成高風亮節的道具。

轉眼間，刺蝟女就展現了五十級玩家的霸氣，她讓眼前的玩家，幾乎死亡殆盡，但偏偏還剩下四個玩家。

「還有倖存者？」刺蝟女暗暗喊糟，因為能從自己的絕招中存活，這四個人肯定是更強、更高明的玩家。

「看樣子，是一個棘手貨。」一個等級超過四十的士人玩家，露出冷笑，「剛剛衝第一的，真的只是炮灰而已。」

「宰掉棘手貨之後，應該可以拿到不錯的道具吧？」一個金色衣服的商人玩家，玩弄著手上純金的球，露出貪婪的笑。「我來召喚危險等級超過A的怪物好了，這筆生意應該划算吧。」

「那誰先來？還是我們一起來？」身穿紅色衣服的工人，開始甩動他手上的大榔頭，看樣子肯定是一個肉搏高手。

「我們一起來吧，算是給這個可以秒殺百個玩家的女孩，最後的敬意。」散發綠光的是農夫玩家，他雙手捧著一株竹柏盆栽，只這竹柏的每片葉子上都長著一張嘴，而且每張嘴看起來都很餓的樣子。

看著眼前這四個人，刺蝟女只能苦笑。

她從背上拔下兩根刺，刺快速伸長，變成兩條鋒利的刺刃。

「終於要肉搏了嗎？哈哈，那，我們動手吧！」第一個奔來的，是甩動手上榔頭的工人，榔頭就這樣朝著刺蝟女砸了下來。

刺蝟女雙手急忙往上，噹的一聲，以雙刺撐住榔頭。

但她的手卻開始劇烈顫抖，身上的傷口更汩汩湧出鮮血，因為這工人不只等級夠高，力氣更是大得嚇人。

而且，災難不只如此，地面上，隨著商人撒下了召喚金幣，開始冒出一個又一個亡靈，每個都是身穿胄甲、腰繫大刀的戰場武士。

只見武士們發出嘶吼，單手握刀，然後雙腳邁開，朝刺蝟女奮力奔來。

「絕招，沖天炮之刺。」刺蝟女咬牙，一邊以雙手撐住榔頭，一邊從身上射出刺蝟之刺。

只見她身上的刺，帶著尾巴的火焰射向狂奔而來的武士群。

轟，轟，轟，在如花朵般炸裂的光影中，第一排武士紛紛倒地。

第一排武士倒了，但後面的武士卻跟著從地面上冒出，刺蝟女的刺掃倒了一排，後面卻湧上了兩排，殺不盡，殺不完啊。

這時刺蝟女的背後，傳來一大片喧鬧的笑聲，她訝異的回頭，竟看到了剛剛農夫玩家手上的竹柏，長大了。

竹柏長到如同一個成年男人的高度，然後數百片葉子都是宛如鱷魚般的大嘴，嘴巴中佈滿了駭人利齒，爭先恐後的朝著刺蝟女撲來。

「混蛋。」刺蝟女的刺再度發射，衝在前頭的鱷魚嘴登時被炸裂，但有更多的鱷魚嘴已經咬中了刺蝟女。

好痛。

刺蝟女痛得好想哭，怎麼會這麼痛呢？她只是想救眼鏡猴啊，為什麼會遇到這樣的事？女神的降臨，到底是好事或壞事？這樣暴力混亂的局面，當真是一個好的世界嗎？

這樣的破關方式，真的是所有玩家想要的嗎？

只是，刺蝟女的災難尚未結束，因為還有一個玩家，他是士人，只見他打開了他的藍色書皮，然後抽出了一疊考卷。

「考考考，大考小考指考聯考，越考越狠，也越考越腦殘的考試制度！」士人大聲嘶吼，嘶吼聲中挾著痛徹心腑的哀傷。

這人，一定被考得很痛吧，所有人都不由得這樣想。

考試，千萬罪惡假汝之名而行之！

只見這一疊考卷順著士人的手上飛出，化成滿天飛舞的利刃，朝著刺蝟女而來，刺蝟女雖然不斷的射出長針，試圖阻擋這些利刃，但當長針碰上了考試紙，長針也瞬間軟掉了……

任何堅定的意志，在考試面前，也只能完全潰散！

一瞬間，噗噗噗噗噗一陣亂響，考卷利刃全部砍中了刺蝟女，從她哀號的聲音聽來，可見得這痛有多厲害！考試的痛，果然厲害！

「考卷這個道具，越是深受考試荼毒的人，用起來威力就越強。」士人玩家的臉頰盡是淚水，完全沒有擊傷刺蝟女後的得意。「教育制度越是改，學生越辛苦，這道具威力就越強，嗚嗚嗚。」

到後來，這士人甚至掩面痛哭起來，可見他真的很討厭考試。

畫面回到刺蝟女，此時的她新傷舊傷交錯堆疊，先有靈波衝擊造成的舊傷，現在更多了農夫植物的咬傷、工人榔頭的挫傷、亡靈武士的砍傷，加上考卷的利刃亂砍一通。

現在的刺蝟女，其實早就應該斷氣了，但她卻還活著。

「好會撐，別的玩家受到這樣的傷，早就死了。」商人發出嘖嘖的聲音，「到底是什麼力量，讓她倒著不死？」

「真的是這樣欸，原來地獄遊戲的死亡，也可以靠著意志力撐住！」士人邊哭邊說，手上的考卷更是不斷射出。

仔細一看，考卷中不乏紅筆寫的二十分、三十分……

「那就讓她知道，到底是我們的聯手攻擊厲害？還是她的意志力厲害吧？」農夫擦著額頭的汗水，一邊拿著勺子對他心愛的植物進行澆水。

每落一滴水，那已經瘋狂的咬人植物，就變得更加瘋狂。

瘋狂到刺蝟女已經無法承受了。

「可惡，可惡，可惡，可惡可惡可惡可惡！」刺蝟女的心好痛、好痛，甚至凌駕於肉體的疼痛。

心會痛，是因為她明白了，她終究過不了這一關，她會死在這裡。

她一死，眼鏡猴將從此墮入魔道，再也無法回頭了。

她真的不想死在這裡，她真的只是想去找那個人。

那個能拯救眼鏡猴心靈的少年。

終於，刺蝟女承受不住士人的考卷利刃，承受不住農夫的植物撕咬，更承受不住商人召喚而來的亡靈武士，以及工人的瘋狂榔頭，她倒下來了。

帶著絕望的心情，刺蝟女眼前一黑，她倒了下來。

只是當她閉著眼，準備承受著身體墜地的衝擊時，一陣異樣卻從她的身體傳來……

「為什麼我沒有掉在地上？」這秒鐘，刺蝟女的腦海閃過一絲訝異，「反而像是……被接住了？」

刺蝟女睜開眼睛，她發現自己的身體被一雙手給托住了。

這雙手不大，但卻厚實而溫暖，強壯而有力，這不只是一雙練武的手，更是一雙溫柔的手。

一瞬間，刺蝟女猛然瞪大眼，逆著光，看向這雙手的主人。

迎面而來的，是一個超棒的笑容。

「妳還好嗎?放心，我來了。」雙手主人這樣說著。

「你……」刺蝟女發現自己的喉嚨哽住了，因為她雖然沒見過那個少年，但眼前這個人，卻與她想像中那少年的樣子，完全一模一樣。

「我一個好朋友在這附近失蹤了，」那人笑了，輕鬆的笑著，「妳有看到嗎？」

「我……咳咳，」刺蝟女急著說話，一口氣沒換過來，亂咳起來，「咳咳咳……咳咳咳……」

「呵呵，抱歉，我忘記妳受傷，不該急著問妳，先等妳喘口氣再說。」那雙手的主人把刺蝟女輕輕放在地上。「現在，讓我來教這些專門獵殺其他玩家的壞蛋，一些做人處事的道理吧。」

「咳咳，咳咳。」刺蝟女咳著嗽，她想告訴這少年好多事，包括這些玩家很可怕，要少年小心。

但隨即刺蝟女就明白，自己的擔心是多餘的。

因為這少年好強，強到甚至比她見過最可怕的斐尼斯團長還要強。

然後刺蝟女笑了。

輕鬆的笑了。

因為她知道，她找到了那顆靈力心臟要她去找的少年了。

整個地獄遊戲中，還有哪一個少年，笑容可以這樣溫暖？還有，身手這麼強？

十秒鐘後，那少年又回到了刺蝟女的面前，而他的背後，四個人同時倒下。

剛剛把刺蝟女逼到絕境的四個人，在這少年的手下，竟連十秒鐘都沒撐過？

「妳好些了嗎？」那少年回到刺蝟女的面前，帶著相同溫和的笑容。

「我知道，」刺蝟女這次不再急躁，一個字一個字的說著，「我知道你兄弟在哪？」

「妳知道？」少年面露訝異。

「他在林口老街的一間舊房子裡面。」刺蝟女語氣興奮，手比著她的後方，「我可以帶你去。太好了、太好了，我終於遇到你了，少年H。」

我終於遇到你了啊，少年H。

那個可以讓狼人T百分之百信任，又強到足以完全壓制眼鏡猴的少年，我終於遇到你了啊！

而就在數十公里外的林口，比爾正注視著平板電腦，向來輕鬆的他，罕見的皺起眉頭。

「幹嘛？」一旁的貓女側著頭，問道。

「有兩件事。」比爾的皺眉一閃而過，隨即又恢復了輕鬆自信的表情。

「哪兩件事？」

「第一件，剛剛超級電腦偵測到異常的靈波熱點，」比爾一笑，「雖然時間只有零點一秒，但那是狼人T心臟引發的可能性，卻高達百分之九十九。」

「喔喔，那太好了。」貓女笑了，「找到狼人T了！太棒了！」

「第二件事，」比爾抬起頭，看著貓女，「則和妳的老友有關。」

「我的老友？」貓女何等聰明，馬上猜到答案，「少年H？」

「是。」

「他怎麼了？」

「他和娜娜竟然自己移動了。」比爾指著電腦螢幕上一個正在移動的點。

「移動?那又怎樣?」

「但他們移動的方向，實在太準了。」比爾眼睛瞇起，「他明明就沒有超級電腦，卻可以準確的到達狼人T的附近，他到底是怎麼做到的?」

「嘻嘻。」貓女甜甜的笑了。

「幹嘛笑?」比爾轉過頭，疑惑的問。

「關於少年H之所以如此的答案，始終只有一個。」貓女笑得好迷人。

這一笑，讓比爾再度感到臉紅心跳。

「哪一個?」

「那就是，」貓女嘻嘻一笑，「他是少年H。」

「嗯?」

「因為他是少年H。」貓女的聲音中有著難掩的得意，「所以他一定會找到狼人T，而且一定能把他救出來。」

因為他是少年H。

因為他是女神牌桌上最後一張牌，一張明明經歷了兩個大神的輪攻，卻依然保持在桌上的，最後一張王牌。

第六章　台北

台北火車站大廳中，女神與蒼蠅王的激戰，第三局剛剛落幕。

第一局，蒼蠅王主攻，他靠著長達百年的苦練身體，逼得女神差點打不開死者之書，但女神卻靠著阿努比斯贈與的「遊戲道具之雜草種子」，成功反轉了戰局，死者之書於是打開，雙方進入法術書的高級對決狀態。

第二局，手握死者之書的女神反守為攻，對上蒼蠅王的死海古卷，兩本神秘古書跨越千年對決。但女神組合出驚人的四部曲攻勢，蒼蠅王最終被戀人牌所騙，最後張開雙手，被暴力太陽牌當頭碾過，徒留下一條焦黑死痕。

第三局，時間極短的一局，短到讓所有短暫離開視線的玩家都後悔莫及，只是眨眼的時間，女神已經倒地，擊倒她的是一柄雪白透明的長矛。

長矛上飄落著片片羽毛，而握著長矛的人，身穿雪白長袍，聖如天使。

天使在此時說話了。

「第三局，是我贏了吧。」天使冷笑，「是我蒼蠅王贏了吧。」

蒼蠅王，竟會化成聖潔的天使？他是怎麼變化的？又為何會變化？

唯一的目睹者，是在現場觀戰的九尾狐，她緊握著項羽亡靈贈與她的最後信物，一片雪白的羽毛，九尾狐忽然懂了，這就是蒼蠅王最後的秘密。

天使，天使就是蒼蠅王的秘密。

只是第三局，短短的第三局，發生了什麼事呢？為什麼會快到所有玩家的肉眼都無法捕捉呢？

第三局，實際上發生的時間，甚至比玩家們預估的更短。

原因無他，是因為這一局所有的事情，都是以逼近光的高速在進行的。

當物體接近光速，不只是聲音，連影像都會快到讓所有機器無法捕捉。

就連當時在現場的九尾狐，也是在目睹了這一切之後，透過記憶，才明白究竟發生了什麼事？

一開始，是蒼蠅王化成地面上的一條焦黑血痕，而女神有點寂寞的坐回了椅子上。

忽然，她眼前白光乍現。

白光中，一個人影身穿白色長袍，陡然從白光中狂奔而出。

九尾狐看著這人影狂奔而來，正打算抬起手，卻發現自己抬手的速度，竟然異常的慢。

不，不是自己慢，而是眼前這白色人影太快，快到讓九尾狐以為自己的時間變緩慢了。

是誰？究竟是誰能展現這樣驚人的高速，展現這樣駭人的偷襲？

偷襲太快，連女神也來不及反應，只是問：「你是？」

男子沒有答話，在狂奔的過程中，他的背部浮現六片美麗如白鴿般的翅膀。

「蒼蠅王？」女神問。

太快了，男子已經奔到了女神面前，手上的紫色可視靈波凝聚，凝聚出一把鋒利絕倫的白色長矛。

「你為什麼會變成這形態？啊，我懂了，你果真是雙……」女神這句話沒說完，甚至連說出來都沒有，矛就已經到了。

矛鋒一瞬間就穿破女神自身靈力構成的防護，然後直接穿破肌膚，挾著猛烈之威，繼續往前挺進，顯然它的目標只有一個……

心臟。

矛想要一口氣貫穿女神的心臟。

「果然是雙子，呵，我懂了。」女神低頭，看著自己的胸口迸出點點血花，和這男人的速度相比，這血花就像是動物頻道拍攝的超級慢動作。

血花還在飄，矛卻已經穿了進去。

但，卻差了一點，沒有刺中心臟。

因為女神渾厚的靈力在最後一刻，陡然提升，硬是將這猛烈之矛，撞歪了三公分。

三公分，就是女神心臟的保命距離。

矛沒插中女神心臟，但卻也貫入了女神的胸膛，強大的撞擊力，讓女神坐回椅子上，更順勢壓垮了椅子，最後跌倒在地。

畫面，瞬間停格。

觀看這比賽的千萬雙眼睛也在此刻停格，他們看到了這一幕畫面。

只見，女神倒地，胸口一柄美麗的白色長矛，而站在女神面前的白袍男子，由於速度太快，則過了零點幾秒後，才被攝影機捕捉到，出現在畫面上。

所有人同時譁然。

剛剛的一瞬間到底發生了什麼事?女神坐在椅子上，卻突然在白光中倒地，下一個畫面，已經躺在地上，胸口還多了一柄長矛。

只是這一切畫面，所有玩家都不可能看到了，因為攝影機根本無法記錄那短暫的一瞬。

這不是誰的錯，這是物理與機械極限的問題。

當一個物體的速度高達光速，早已超越了所有機械運轉與記錄的極限，捕捉光的顯影記錄跟不上，液晶轉動速度跟不上，網路的傳輸速度更是跟不上。

所以第三局，就這樣劃上了句點，唯一看到全局的人，只有一個，那就是九尾狐。

因為，她就在現場。

只是，九尾狐此刻的臉上卻滿是詫異，因為她似乎知道了那白色天使是誰了。以她對基督神系淺薄的認識，卻也知道這白衣天使的可能身分。

他就是基督神系中最具爭議，同時擁有黑暗與光明面孔的傳道者。

大天使，加百列。

女神躺在地上，胸口被插著一把雪白之矛。

她沒死，她是女神，當然不會這麼快就離開戰場。

只見她淡淡的睜開眼睛，看著眼前這個閃耀著純淨白光的男人。

「原來你真的是……」嘴角帶著細長血絲的女神，微微一笑，「雙子座啊，蒼蠅王。」

「雙子?那又如何?」

「雙重性格、雙重力量，是十二星座中最善變的星座。雙子同時具備光明與黑暗，極度光明之中往往隱藏著讓人畏懼的黑暗；而深邃的黑暗中，偏偏又藏著讓人難忘的光明。」女神微笑，「這些年來，我一直對這星座的人，最為忌憚。」

「過獎了。」

「可是，雙子也是一個悲傷的星座。」女神的纖手握住了蒼蠅王，或者稱加百列的這支白矛。「矛盾，同時擁有黑暗與光明的矛盾，會是你一輩子的課題。」

「是嗎?」蒼蠅王燦爛的笑了。

燦爛的笑，這奇怪的形容詞，不該出現在以冷酷和黑暗著稱的，地獄政府掌權者臉上。但此刻他身穿雪白長袍，表情如同七月陽光般燦爛，是因為蒼蠅王把內心的加百列放出來的關係嗎?

「是啊。」女神到了此刻，依然像個小女孩般可愛的嘟嘴。「你不信任我的星座人格判斷嗎?」

「是嗎?當我解決了埃及神系之主的妳，」蒼蠅王手一用力，把矛從女神胸口拔出，血花再次飛濺，「我們再來聊聊星座好了。」

白色的可視靈波，混著帝王般的紫色，從他的手心湧出。

強大的可視靈波澎湃洶湧，從四面八方不斷匯聚而來，匯聚到蒼蠅王的手心，然後再透過蒼蠅王鍛鍊過無數次的肌肉臂膀，往下貫入女神的胸口。

可視靈波，這被喻為地獄強者的標記，在蒼蠅王手上，清楚而強大。

然後，蒼蠅王的手再用力，將偏移的三公分修正後，又一次，惡狠狠的對準女神的心臟，插了下去。

面對疾插而下的白矛，女神微笑，右手一翻，重傷的她依然無礙的召喚了這張牌，因為這張牌是她的本命牌。

「出來，女祭司。」

簡單的五個字，輕巧的五個字，卻代表了女神的全力出擊。

當時就是這張本命牌，與濕婆的岩漿之海，戰成平手。

牌面上，一個純淨無瑕、身穿美麗祭袍，雙眼輕閉的女祭司，放出女神的白色可視靈波。

這張牌是最強的防禦，正式迎上加百列的矛鋒。

「女祭司很厲害嗎？」蒼蠅王冷笑，「我這柄可是命運之矛啊！」

命運之矛，又名聖槍，又名朗基努斯槍，相傳是耶穌被釘上十字架之後，一個名叫朗基努斯的士兵以此槍戳入耶穌心臟，以檢視耶穌是否真的死亡？此槍證明了耶穌真的死亡，也直接證明了後來的耶穌的確是死而復活，因此被視為聖物。

事實上，命運之矛後來的歷史也是戰功彪炳，它於多次神聖羅馬帝國中被皇帝所攜帶。相傳只要攜帶命運之矛，就能戰無不勝、攻無不克，堪稱戰場上最神秘也最強大的聖兵器。

如今，蒼蠅王手握此矛，不只代表了他隱藏在內心加百列的身分，更代表了一件事。

此矛可殺神。

神乃天地最尊貴力量之結合，若非聖兵器，絕對殺不死神。

蒼蠅王拿出了命運之矛，就算是埃及主神伊希斯，只要被插入心臟，也無法逃過一死。

第三局，就這樣驚心動魄的結束了。

第四局，也就這樣驚世駭俗的開始了。

命運之矛的矛鋒，正透著凜冽的白點，白點正在逼近女祭司的卡片。

這命運之矛不只擁有輝煌的歷史，它在不久前，才證明了自己的實力，因為它曾正面與項羽昆吾刀的「奇異一刀」對決，並且敗了奇異一刀。

奇異一刀，能打破空間極限，當所有的物質碰到了奇異點，都會被抓住、扭曲、壓縮，然後整個被吸入，它可以說是專司吸入的一個黑洞。

而加百列之矛的白點，卻是能量的極限，單位體積內的能量到達了極限，就會轉變為物質，而且是無堅不摧的物質，某種程度來說，它是專司吐出物質的白洞。

當黑白雙洞相碰，最後決定勝負的，便是最根本的一件事，那就是能量的強弱。

蒼蠅王畢竟是活了幾千年的神魔，兩大神力的合體，項羽雖然狂暴強悍，終究只是一個凡人所變成，怎麼可能與蒼蠅王的能量相比擬？

於是，黑洞頓時潰散，白洞取勝。

數百年來，令黑白兩道都頭疼至極的人物「項羽」，就這樣死在蒼蠅王的命運之矛下。

蒼蠅王證明了一件事，他絕對夠強。

強到可以威脅女神。

畫面回到女神與蒼蠅王的對決，只見女祭司的牌面微微凹陷，來自女神的純白可視靈波，正與矛鋒的白點，進行以奈米為單位的距離保衛戰。

「女神，妳撐不了多久的。」蒼蠅王手握白矛，綻放溢滿了整個大廳的紫氣。「妳知道的，若是全盛時期的妳，也許我殺不了妳，但現在妳的力量不足三成，根本不是我命運之矛的對手。」

「呼。」女神拿著牌，奮力和這柄白矛對抗，手上已經放出十成功力，臉上卻依然沉靜。「蒼蠅王，我之所以重傷，是因為明知你是雙子而不自覺，那你要不要猜猜看，我是什麼星座？」

「關星座什麼事啊！」蒼蠅王莫名的感到一陣怒意，手臂再加勁。「我只信任自己，我不信任什麼星座！」

紫氣蜂擁，矛又往下了零點零零零一公分，幾乎要穿到了女祭司牌面上。

蒼蠅王和女神都知道，只要矛鋒一碰到女祭司的牌面，白洞威力就將正式啟動，能量與物質的轉化公式將會開始運算。女祭司再強，終究擋不住蒼蠅王的這一矛，結局，也即將揭曉。

「因為我猜錯你的星座，才會弄到這步田地啊。」女神哼的一聲，吐了吐舌頭。「星座怎麼可以說不重要呢？」

「不重要！」蒼蠅王咬牙，眼裡是莫名的怒意。

「重要！」女神眨著漂亮的大眼睛，同樣固執。

「不重要！！！」

「重要！！！」

「不，重，要！」

「非，常，重，要！」

一旁的九尾狐，躲在柱子後面，就算她有千年道行，也快要承受不住來自蒼蠅王和女神對決時產生的靈壓。

她背後的七條尾巴也早已亮出，不斷揮舞，抵擋著隨機射出來的紫色和白色靈波。只是她看著這場目前地獄遊戲最強的對決，卻忍不住想笑。

他們兩個到底在吵什麼？吵星座對戰鬥的輸贏重不重要？

埃及神系之主，女神伊希斯。

地獄政府的掌權者，擁有黑暗與光明力量的蒼蠅王。

他們賭上自己背後的神系存亡，一邊拿著矛互戳，卻一邊吵著星座的重要性。

「有點好笑。」九尾狐摀著嘴，咯咯的笑著。「這兩個人幹嘛執著在同一件事情上啊，兩個都一樣孩子氣啊。」

但想到這裡，九尾狐卻頓了一下，自言自語。

「這兩個人，執著在同一件孩子氣的事情上？同一件事……」九尾狐吞了一下口水，「這不就表示他們很像？如果很像……」

「難道，他們是相似的星座嗎？」

在女神伊希斯和蒼蠅王對決的同時，網路上數十萬眼睛也開始討論這個問題。

「到底星座重不重要？」

「星座有什麼重要？」一個男玩家對著旁邊的女玩家高談闊論，「當然不重要，人有千千萬萬種，怎麼可以被輕易的分成十二種？」

「星座啊？當然重要啊！」旁邊的女玩家開始爭辯。「所謂的星座真的很準好不好？像是我、我朋友，還有我同學，都覺得星座很準。」

「星座很準。」這次開口的，不是女生，而是男性，實際年齡四十二歲，是一個大公司的人事主管。「與其說準，還不如說這是一種統計學的表現，收集了數百年來人們的資料與行為模式，慢慢拼湊出十二種人格，我們面試新人的時候，星座常常成為重要的參考指標！」

「星座不準啦。」這次說話的是兩個女生，第一個女生二十六歲，正妹。「我前一個男友明明就是專情的金牛座，可是卻劈腿甩了我。」

「也許，要考慮月亮星座和上升星座？」一旁的女生同樣是二十六歲，也是正妹。「因為光看太陽星座已經不夠了。」

「不過我覺得土象星座真的比較務實。」

「風象星座很理性，但又很像小孩子。」

「總而言之，」最後，所有的人都下了一個共同的結論，「星座是否準，真的要看個人啦。」

看個人啦。

到底星座準不準？這問題似乎沒有標準答案。

但讓身處戰場核心的九尾狐感到困惑的，卻是女神和蒼蠅王吵架的樣子。

以前的蒼蠅王冷酷黑暗，絕對不會與女神這樣邊吵架，邊想殺了對方，但此刻的蒼蠅王放出了真正的自我，反倒和女神有幾分類似。

「難道……」九尾狐吸了一口氣，一股不好的預感湧上心頭。「他們是相似的星座？我記得女神不是雙子，那還會是哪一個星座？」

眼前，女神和蒼蠅王停止了爭吵，而女神繼續說道。

「你真的不想猜我是哪一個星座嗎？」女神手拿著女祭司牌，露出微笑，「你知道星座分為四象嗎？風火水土，同一星象的人都會有些類似之處，像是土象的很踏實，風象的很隨意，火象的很衝動，水象的很浪漫。」

「所以呢？」蒼蠅王微微咬牙，他的肌肉與靈力不斷鼓動，試圖要貫破女神的女祭司牌。

但他的耳朵，卻無法控制的去傾聽女神的話語。

就像當年的項羽，就算覺得女神的星座算命是無稽之談，卻依然聽完了女神所說的每一句話，被女神徹底的控制局面。

這就是女神的魅力，強大但又柔軟的女性魅力。

「一開始猜你是摩羯，是因為你真的很認真，為了打敗我可以每日苦練。但我沒想到的是，你的確有可能是雙子，因為這星座可以輕易展現兩種截然不同的性格，不，應該說，天生就是兼具光明與黑暗。」女神微笑。「而雙子就是風象星座。」

「哼，」蒼蠅王手臂不斷的用力，紫氣膨脹下，他可以感覺到雪白之矛又往下了零點零零零一公分。

再兩次，他的矛就一定能穿過女神的白色靈波，一口氣摧毀這張牌，然後連帶的將女神心臟貫破，結束這場長達了千年的鬥爭。

「雙子最可怕的地方，你剛剛已經表現出來了，就是善變且出人意料的鬼點子。」女神躺在地上，看著那矛離自己的牌越來越近，卻始終保持著一貫的冷靜。「不過我要說的是，只要是風象的星座，都有類似的特質呢。」

「女神，妳到底要說什麼？」蒼蠅王再用力，矛又下去了一分。

他知道，只要再一擊，他的矛就能展現白洞的威力，將一切毀滅了。

「那關於剛剛的問題，我要宣布答案囉。」女神微微一笑，「我是天秤座的。」

「那又怎樣？」

「還有，」女神眼睛綻放冷冽光芒，「天秤也是風象的。」

也是風象的。

這一秒鐘，凡事算無遺策、事事顧慮周全的蒼蠅王，腦海中也無法控制的開始思考這一個問題。

天秤和雙子都是風象的？所以我們很像？我們都擁有善變的能力，以及驚人鬼謀？

所以我能展現的詭計，女神也有？

也因為這一思考，讓蒼蠅王手上的力量微微停頓了一下。

這一停頓，如果只是一般神魔的對決，根本不可能影響戰局，但偏偏他的對手是女神，雙方更處在零點零零零幾公分的距離爭奪戰之中，任何心情的波動與疑惑，都會被對方捕捉，甚至……

遭遇對方驚天動地的反擊。

「剛剛說了那麼多，就是等你這一刻喔。」女神微笑，突然間，手上的女祭司牌消失了。

「換牌？」蒼蠅王瞬間反應，但他的矛此刻卻是停頓的狀態，當他再度握緊矛身，想要往下戳入之時，女神的牌，卻已經神乎其技的換成了另一張。

這一次換牌，堪稱是女神力量的極限，她已經一點也不保留的施展出所有招數了。

「換牌成功。」女神笑了，「這次你要遇到的，是恐懼的月亮牌。」

「妳喚醒月亮？恐懼的極致，月亮？」蒼蠅王腦海閃過一陣遲疑，但這次手卻沒停，矛直接往下插落。

插入了月亮之中。

牌破，矛持續往下。

「結束了！」蒼蠅王怒吼，「這該死的第四局。」

「錯了。」女神搖頭，溫柔但歉疚的笑容。「第四局，現在才開始而已。」

蒼蠅王愣住，因為他發現自己的矛雖然貫破了月亮牌，持續往下，但底下的女神卻改變了。

變成了另外一個人，一個女孩，長長的頭髮，娟秀的面容，還有一雙明亮到讓蒼蠅王感到溫暖，又感到無比歉疚的眼睛。

怎麼會是妳？

怎麼會是妳？

怎麼會是妳啊？！

「從你變成了加百列，拿著命運之矛來殺我的時候，我就開始思考，」女神的聲音在蒼蠅王的耳邊響起，「你是何時變成這樣的？肯定是那件事之後吧？」

「女神！妳！女神！」蒼蠅王手上的矛顫抖著，面對這女孩，蒼蠅王失控了。

他的矛，始終落不下去。

「月亮牌掌握的是恐懼，」女神淡淡的說著，「所以，它喚醒了你最恐懼的人。」

「妳。」蒼蠅王手再度握緊了矛，他想往前，但來自內心的恐懼卻禁止他這樣做。

與其說是恐懼，不如說是愧疚。

愧疚，讓他無法下手，至少這個女孩，他不能下手。

他也許懷抱著統一整個地獄的決心，地獄中所有的人他都可以殺，但唯獨這女孩，不能殺。

只有這女孩，蒼蠅王不能、也不願殺。

「沒想到，被我猜中了，這是你喜歡的女孩吧？」女神的聲音持續說著，「不過令人訝異的是，你喜歡的女孩，只是一個平凡的人類啊？」

「女神，妳……」蒼蠅王的手仍在顫抖著，過去的記憶，開始在他腦海中翻湧，那段地獄學園的日子，那些與象神情同兄弟的日子，那個有趣但瘋狂的賭注……

「而且，這女孩已經死了吧？蒼蠅王你多情但卻癡情，的確很像雙子。」女神已經起身，雙手輕輕的，摟住蒼蠅王那支矛。「這是我唯一會的肉搏招式，就是『女神的擁抱』。」

命運之矛，被女神輕輕摟著。

然後斷了。

像是玻璃般折斷、碎裂，掉落了滿地。

裂。

命運之矛，這柄傳奇之矛，連神都可以獵殺的命運之矛，竟被女神輕輕一摟，就整個碎裂。

「蒼蠅王。」女神摟完了命運之矛，更伸出雙手，摟住了這個男人，這個威霸地獄、聰明絕頂，卻又滿心歉疚的男人。「讓我們把比賽結束吧。」

蒼蠅王沒有動，任憑女神輕輕的摟住了他。

他不動，是因為他知道，當他的命運之矛沒有第一時間穿破女祭司，這一切勝負就已經決定了。

然後，只聽到他輕輕的嘆了一口氣。

「終究，是妳技高一籌啊。」

「不，最終，你還是和濕婆一樣，」女神溫柔的說，「放不下人類的情感。」

說完，女神雙手的擁抱微微用力，蒼蠅王的身軀，陡然碎裂。

化成無數個輕柔的黑點，在女神的懷中碎裂，然後掉落在地板上，傾瀉成一條黑色的河。

「再見，蒼蠅王。」女神凝視著地面的黑河，黑河流入了地板的縫隙，越來越小，也越來越薄，最後終於完全不見。「以女神的擁抱殺了你，是對你最高的敬意了。」

女神的擁抱，這看起來令人稱羨的溫柔擁抱，卻是女神所有招數中，唯一一個稱得上是肉搏的招數。

越是溫柔，越是毀滅。

女神的這一抱，毀去了命運之矛，也毀了蒼蠅王。

第四局，最險惡、最可怕，也最終的一局，終於結束了。

但，此刻卻是一片靜默，整個地獄遊戲，所有的玩家，都異常的靜默。

所有的玩家，看著螢幕，他們這一瞬間，卻都沒有反應。

沒有歡呼、沒有吶喊，更沒有激動的討論。

比起剛才高潮迭起的三局，從蒼蠅王靠肉體封印了女神的死者之書，到女神施展神秘的四部曲擊潰蒼蠅王，到蒼蠅王化為加百列，以命運之矛，將女神一招逆轉在地。

每個戰鬥的瞬間，每個驚險的片刻，總伴隨著各地玩家或高或低，或興奮或惋惜，或悲傷或憤怒，各種情感的驚呼。

但到了第四局，當女神先以星座誘導蒼蠅王思考停頓，然後女神最後竟喚出了一個人類。

一個平凡的人類女孩。

蒼蠅王不下手，就是下不了手，最後女神以一個輕柔的擁抱，結束了這場足以決定地獄遊戲的戰役……

所有的玩家卻都靜默了。

靜靜的看著這場驚天動地的戰鬥，劃上了句點。

數分鐘後，第一篇討論這場戰役的文章，出現在黎明的石碑上。

文章標題是……「其實，我覺得，蒼蠅王還滿酷的。」

只是這文章沒過幾秒，就被該玩家自己刪除，因為他擔心女神團會找上他，他擔心自己性命不保。

然後接下來的數十分鐘內，又陸陸續續有將近二十篇類似的短命文章出現。

標題大概類似是：「其實我剛剛一瞬間，有點希望蒼蠅王獲勝。」「女神好強，但好像有一點點……太殘忍了？」「那個女孩是誰啊？最後蒼蠅王捨不得殺的人類女孩？」「那女孩看起來很平凡欸，沒想到會在最後主宰戰局？」「蒼蠅王我會默默支持你的。」

這些文章的標題屬性類似，但結局也很類似，不是被玩家自己砍掉，就是被板主刪除，更有幾篇是發文的玩家，被其他女神玩家給找到，然後當場殲滅。

女神獲勝，整個地獄遊戲已經進入了新的局面。

女神團的玩家，從原本的四十萬不斷激增到四十五萬、五十五萬，最後停在六十萬附近，名符其實的成為地獄遊戲有史來最大、也最強的團隊。

但這個最強的團隊，卻也將整個地獄遊戲帶入史上最混亂的時期，因為完全不篩選入團資格，導致牛鬼蛇神全部擁有了女神團的資格。

於是他們開始肆意作亂，許多的商店被聯手攻破，搶走了許多寶物。

其他沒有加入女神團的玩家，走在暗巷中卻突然消失了蹤影，當被人發現時，只剩下一地不值錢的道具，而值錢的部分早已被人搶走。

更有眾多團隊遭遇數目驚人的玩家攻擊，一輪接著一輪，終於被全部殲滅，然後當基地被攻破的剎那，卻也是最慘絕人寰的一刻。

女神團開始用各種恐怖的手段對俘虜行刑，之所以行刑，是和一個流傳已久的說法有關，那就是「越是特殊的死亡條件，越可能換到奇特的道具。」

於是女神團玩家開始展現自己的實驗精神，只是實驗的對象不是科學儀器，而是一個又一個的玩家。

整個地獄遊戲以台北城為核心，開始往外混亂，有越來越多的玩家陣亡，八大怪物不斷和玩家激戰；而女神團則越來越壯大、越來越可怕。

在這片亂世之中，許多藏身在地獄遊戲中多年，過著退隱生活的玩家也遭了殃。

他們先是被女神團玩家發現，擊敗後拖到大街上，嘗試各種新的處刑方式，試圖換到更神奇的道具。

的確，許多只出現在道具大全的隱藏道具終於現世，包括「選中總統的一顆子彈」、「越燒越旺的台塑股票」、「郭董語錄」、「被咬下來的那一口蘋果去了哪？」和「PTT搜尋引擎」。而這些古怪的道具，使玩家們擁有了異常能力，讓他們做到了許多以前做不到、也不敢做的事情，間接造成地獄遊戲加倍的混亂。

面對這些混亂，女神卻完全不管。

她專注的目標只有一個，那就是夢幻之門。

只要夢幻之門開啟，拿到了最後一個願望，一個連神都做不到的願望，女神的埃及神系就贏了。

她將重現五千年前的榮光，替逐漸被世人淡忘的埃及神系，找回過去的光榮。

而距離她設下的單挑時間，只剩下最後兩個小時。

「距離十二點，還有兩個小時。」女神托著下巴，看著火車站大廳牆上的時鐘。「留下這兩個小時，親愛的 Div 啊，難道你還在期待什麼嗎？」

期待什麼？

在這個偶然的瞬間，所有遭到女神團攻擊，而被迫躲藏與反擊的普通玩家們，他們的腦中也都閃過這個問題。

現在，我們還能期待什麼？

那些手牽著手，彼此凝視著對方的情侶玩家；那些因為討厭現實的暴力與狡詐，而躲到遊戲內的和平玩家；那些熱愛遊戲，想要專心享受遊戲打怪的玩家，他們的腦袋中也都閃過這個問題。

剩下的兩小時，我們還能期待什麼？還能期待什麼？

「別忘了，牌桌上還有一張牌。」土地公的手勾在賽特的肩膀上，他們已經離開了台北火車站，此刻正走在「被地下化」的士林夜市小吃攤。「這張牌雖然打開了，而且被女神打敗了，但別忘了，它可是還沒有離開牌桌呢。」

「你是說……」賽特轉頭看土地公。

「一個朋友，一個看起來總是正經八百、讓人忍不住想捉弄的老朋友。」土地公大笑，「少年H啊。」

台北火車站，大廳。

女神注視著地上粉碎的蒼蠅王痕跡，忽然笑了。

「九尾狐？」

九尾狐此刻已經靠著她的虆尾，悄悄的挪到大廳門口，聽到女神叫喚，她一愣，回頭，表情盡是作賊被抓到的心虛。

「幹嘛？」

「數目不對喔。」女神抬起頭，看著九尾狐，「蒼蠅王被我分裂成四千六百五十二萬一千九百八十二塊，但少了一塊。」

「少了一塊？是不是卡在地板縫隙裡面啦？」九尾狐細長的眼瞇起，露出微笑。「妳可以慢慢找啦。那個，不好意思，女神，我有事先走了。」

「呵，如果真的卡在地板縫隙，那妳口袋裡面，正在散發靈氣的東西，又是什麼？」

「是……」說到這裡，九尾狐突然甜甜一笑，手比著女神後面，大叫，「啊，聖佛你來了！」

「聖佛？」女神淡然一笑，「雖然妳喊出唯一戰勝過我的人，但，我知道他不會出現的。」

「果然騙不倒妳，果然是討厭的天秤。」九尾狐微微彎腰，背後八條尾巴如同車輪般快速輪轉。

當中一條捆滿符咒的尾巴，率眾而出。

「呵呵，姜子牙？」女神單手托住下巴，慵懶而自信的說。「要打出第八尾？九尾狐啊九尾狐，妳為什麼始終不出第九尾？妳究竟要保護什麼呢？」

「哼，第九尾是我最重要的部分，我絕不會輕易使出的。」九尾狐扮了一個鬼臉，姜子牙之劍，不斷往前飛去，上頭的符咒也不斷掉落，露出符咒下冷硬的金屬光澤。

是劍，九尾狐最強的姜子牙之劍。

「姜子牙？中國古老的道術？」女神眼睛瞇起，注視著這把飛馳而來的姜子牙之劍。

只見姜子牙之劍飛到半路，突然一分為二，然後二分為四，四分為八，短短的時間內就分裂成一千零二十四把劍。

一千零二十四把劍在空中移動位置，排出了一個古老而奇妙的符號，「无」字。

无者，無也，正是天地無用、反璞歸真之意。

「好美的字，你們中國字真是美。」女神低聲讚嘆，同時間，无字排出來的劍陣，已經對著女神直罩了下來。

劍陣配上中國字法，竟分毫不差的將女神前後左右的生路全部封死，形成完美的死局。

「這劍陣，讓我想到不久前遇到的一個中國女孩，她的招數也用中國字為基礎，如果她配上妳的劍，當時就不只是五公尺了吧。」女神手一揮，死者之書再度出現。「皇帝牌，降臨。」

皇帝牌，尊貴而遙遠，是絕對的斥力。

一邊是劍陣，一邊是真理之牌，兩者瞬間碰撞，爆發巨大聲響。

然後「无」的劍陣開始崩潰，果然在女神強大的靈力壓迫下，九尾狐的姜子牙之劍也只能無奈散裂。

劍陣散裂，留下滿天晶亮的劍光，只是當劍光散去，九尾狐卻已經溜走。

「今天怎麼搞的啊。」女神笑了笑，手一轉，一張椅子飛來，剛好讓她穩穩坐下。「一直讓人逃走。」

說到這，女神的表情倒是完全沒有半點懊惱，反而像是鬆了一口氣。

「蒼蠅王啊蒼蠅王，雖然九尾狐救了你，但你要回復，至少是五百年以後的事情了。」女神微笑，「五百年後，若有機會，我們再來交手一次吧。」

五百年後，我們再交手一次吧。

這句話從女神口中說出，已經是對敵人最高的讚美了。

此刻，女神凝望著眼前這一大片台北火車站大廳，然後閉上眼，吐出了一口長氣，手輕輕一撥，繼續讀起了自己的書。

「還有一小時五十八分鐘，那個土地公期待的少年H啊，」女神閉著眼，讓身體慢慢的放鬆休息，「就算你要來，也得先拿到那朵花吧？」

「但阻擋你的人，可是我最信任的阿努比斯。」女神說到這，淡淡的微笑。「這個阿努比斯，再怎麼講義氣，也只會放你一次喔。」

第七章　林口

林口，某公園，另一場激戰仍在進行著。

吸血鬼女與小桃，對上南埃及的眼鏡王蛇。

她們正與眼鏡王蛇對峙，眼鏡王蛇發出尖銳的嘶聲，然後身體在空中畫出了一個「ㄣ」字形，一眨眼就到了吸血鬼女面前。

「吸血鬼之……」吸血鬼女手一揮，爪子就朝眼鏡王蛇的身體揮了過去。

但隨即，吸血鬼女卻深深的皺起了眉頭，如同狼人T第一次攻擊眼鏡王蛇時的表情一樣，錯愕中，帶了點敬佩。

「又硬又滑的蛇皮。」吸血鬼女看著自己被折斷的指甲，讚嘆，「你肯定練了很久吧？」

「還好啦，幾千年啦。」眼鏡王蛇冷笑，龐大的身體卻是驚人的高速，瞬間將吸血鬼女捲住。「看我眼鏡王蛇的絕招之一，絞。」

就是「絞」這一招，以高速配上比鋼鐵更硬的蛇甲，讓二十三號和狼人T吃盡苦頭。

只是吸血鬼女卻動也不動，任憑眼鏡王蛇將自己絞住。

「這招很暴力啊。」吸血鬼女看著盤繞在自己身體周圍的蛇軀，讚許的點頭。

「等妳被絞成番茄醬，妳會覺得更暴力啊！」眼鏡王蛇尖笑，同時蛇軀猛然收縮，就要把吸血鬼女當場絞爛。

但，當眼鏡王蛇快速且用力的扭動身軀時，卻發現一件事。

空了。

他肚子中央，那美味且美貌的食物，不見了。

「妳！」眼鏡王蛇一驚，急忙抬頭，赫然發現，吸血鬼女竟然已經展開了翅膀，在空中穩穩站定。「好快，而且，妳會飛？！」

「我的速度，怎麼可能是那隻笨狼能比的？」吸血鬼女在空中微微一頓，然後突然往下疾轉，在空中化成一把黑色利箭，朝眼鏡王蛇射去。「而且我有點懂了。」

「懂？」

「懂，為什麼你有一隻眼睛是受傷的。」吸血鬼女一笑，「因為蛇甲太硬，所以狼人T他們專攻眼睛嗎？」

「我的眼睛只是短暫受傷，哼，給我一百年我就會復原了！」眼鏡王蛇還沒來得及大罵，吸血鬼女的爪子，竟然已經來到了眼鏡王蛇的眼睛前，僅僅三公分處。

好快，快得美麗絕倫，快得讓人心跳不已的超級高手，吸血鬼女。

「要幾百年嗎？那你還是跟這個光明的世界，說一聲，珍重再見吧！」吸血鬼女大喝，右手的爪子朝著眼鏡王蛇僅存的那隻眼，揮下。

「這一招，妳那笨狼朋友，用過了啦！」眼鏡王蛇眼睛陡然睜大，「看我眼鏡王蛇的絕招之二，凝。」

凝，這個源自於毒蛇凝視獵物時，那讓獵物全身無法動彈的戰慄。無法克制的戰慄，令身經百戰的吸血鬼女的動作微微一頓，這一頓，更給了眼鏡王蛇致命的反擊機會。

「眼鏡王蛇的絕招之三，牙。」眼鏡王蛇獰笑，然後嘴巴大張，兩顆滴著毒液的利牙，朝著吸血鬼女咬了下去。

牙，眼鏡王蛇最可怕的武器，如今伴隨著他流線的身軀，快速咬向吸血鬼女。

「你有牙，難道我就沒有嗎？」吸血鬼女怒笑，也張開了嘴巴。

同時間，她嘴裡面原本還正常的上犬齒，陡然增長，長到如同野獸般兇惡，與眼鏡王蛇的牙，彼此撕咬起來。

雙方的利牙一觸即退，竟然爆發刺眼亮光，亮光帶有炙熱的能量，引發強烈氣旋。

氣旋強勁，可苦了一旁觀戰的小桃，只見她在匆忙間喚出了手上的冰盾，以冰盾抵抗狂暴氣旋，最後冰盾碎了，氣旋也終於停止。

眼鏡王蛇退了，他伸出蛇信舔了舔自己的牙，「好樣的，平手啊。」

「哼。」吸血鬼女也退了，「是不分上下。」

雙方的牙在短短的瞬間互相交錯，赫然發現，兩種牙無論是銳利度、堅硬度，甚至是被靈力包裹的強度，都不分軒輊。

但吸血鬼女的內心其實卻五味雜陳，因為她很清楚，若是在數月前，自己的牙絕對不是這隻眼鏡王蛇的對手。

是因為被該死的血腥瑪麗，咬了那麼一口嗎？

我又更強了？吸血鬼女感到呼吸急促，但她一點不想因為血腥瑪麗而變強啊！

「不過，吸血鬼女啊，」眼鏡王蛇的蛇信舔著嘴唇，「妳別忘了，我們就算擁有同樣等級的攻擊力，但不代表我們的立場是對等的，我的絕招之四，可是鱗。」

「哼。」擅長戰術的吸血鬼女何嘗不知道現在自己的弱勢，就算擁有和眼鏡王蛇相同等級的武器，也攻不破眼鏡王蛇的防禦，「鱗」這一招。

要逆轉眼鏡王蛇的唯一辦法，只能仰賴援軍了。

吸血鬼女的眼睛，不自覺的移向了一旁的小桃，她還有援軍，正是小桃。

「咯咯，既然妳也認同了我的想法，那就讓我乾脆的，將這場戰鬥劃下句點吧！」眼鏡王蛇咆哮，巨大的蛇身高速扭動，轉眼間，那張大嘴，已經籠罩住了吸血鬼女眼前的世界。

「援軍，」吸血鬼女微微一笑，「該妳出手囉。」

援軍？眼鏡王蛇一愣，這裡還有援軍？若真的要算得上是援軍的，不就只有……眼鏡王蛇眼睛大睜，因為他發現自己看到了雪。

堅硬如刀的雪，被稱為冰雹的雪。

雪中，一個女孩垂下眼簾，雙手合十，彷彿在祈禱，對著憤怒的上帝乞求悲憫。

「請天使吹響號角，冰雹，降下吧！」

少女的祈禱如此令人憐憫，於是，上帝回應了她，冰雹之雨來了。

冰雹雨，宛如千萬枚銳利的刀刃，一口氣轟向眼鏡王蛇。

眼鏡王蛇避無可避，只能蜷起身子，然後照單全收。

轟轟轟轟，連續數分鐘連綿不絕的冰雹不斷撞擊著眼鏡王蛇，冰雹堅硬如鐵，但卻帶著同歸於盡的瘋狂，用全碎的方式，衝撞著眼鏡王蛇。

「我的冰雹之雨，是我冰系能力中最強的一招。」小桃額頭冒汗，揮舞雙手操縱著冰雹。

「任何生物在密度如此高的冰雹狂轟之下，肯定屍骨無存。」

冰雹雨仍在降下，不單攻擊著眼鏡王蛇，連地面也被不間斷的碎冰給填滿，數十公尺內，出現一塊冰雪的奇異天地。

「妳這招，真的很冷。」吸血鬼女拉了拉衣領，「也虧妳一直操作冰系能力，卻不會感冒。」

「所以我總是穿著粉紅高領毛衣，加上俏麗馬靴啊。」小桃甜甜一笑，「因為這招真的太冷了。」

在吸血鬼女與小桃的交談過程中，冰雹之雨開始漸漸減緩了。

冰雹減緩的同時，地面上早已堆出了一座小小的雪山，而剛剛囂張跋扈的眼鏡王蛇被埋在雪山下，此刻已經看不見蹤影了。

「也許，他被我的冰雹打成肉團了？」小桃看著吸血鬼女。

「不會。」吸血鬼女搖頭。

「不會？」

「他的鱗，連我和狼人T的爪子都無法攻破，不會擋不住妳的冰雹的。」

「喔？」

「但，有件事我一直想不通，」吸血鬼女嘆氣，「我怕這件事會成為這場戰鬥的關鍵。」

「什麼事？」

「我和狼人T從曼哈頓獵鬼小組開始合作，也有三、四百年了，」吸血鬼女昂著頭，注視著眼前這堆不斷往上累積的小雪山，「我對狼人T的能耐很清楚。」

「喔？」

「他衝動、暴躁，完全不帶腦袋作戰，以獵鬼小組來說，實在是一個罕見的笨蛋。」吸血鬼女一笑，「但是……」

「但是？」小桃一笑，她聽出了吸血鬼女這些話語背後，對自己老夥伴狼人T的熟悉與溫暖。

「因為他很簡單，所以他很強；他從不想太多，所以他總能在關鍵時候找到問題，然後以驚人的手法去逆轉。」吸血鬼女說到這，淡淡一笑。「這就是我認識的狼人T，明明就很弱，卻偏偏又很強的奇蹟笨蛋。」

「嘻嘻，看起來他真是這樣的人欸，」小桃回想起狼人T的樣子，露出了認同的甜笑。

「但吸血鬼女，妳又有哪裡想不通呢？」

「因為這樣的狼人T，不該輸給眼前這個混蛋眼鏡蛇。」吸血鬼女瞇起眼睛。「這眼鏡蛇很厲害沒錯，他的絕招『絞、凝、牙、鱗』，的確可以組合出完美的攻擊防禦，但狼人T可是奇蹟笨蛋，他就算輸，也不該輸得這麼慘。」

「所以……」小桃聽著吸血鬼女的話，瞇著眼睛看著幾乎要落盡的冰雹，還有眼前這座冰山。

「我擔心，可能還有某個變因，我們沒有考慮到，就像眼鏡王蛇是不是還有其他招數……？」吸血鬼女說到這，忽然噤聲，「啊，冰雹停了。」

「嗯。」小桃屏氣等待，「所以，小心。」

小心這聲剛落，那雪山就突然炸開，山頂上一條巨大的眼鏡王蛇沖天而起，挾著憤怒且凜冽的殺氣，在空中一個盤旋，朝著吸血鬼女和小桃而來。

「這種出場，把自己搞得好像是中國的龍，真讓人不舒服。」吸血鬼女蹲下，張開嘴，最強的武器亮出，吸血鬼之牙。

「是啊。」小桃往後退了一步，並順手祭起了透明的冰盾。

她知道自己的戰力，無法與眼前這兩個怪物相比，所以她選擇防禦，更何況，如果按照吸血鬼女的戰術，小桃已經完成自己的部分。

接下來，該把最後的表演機會，讓回給吸血鬼女了。

眼鏡王蛇從雪山銜起，盤旋後往下俯衝，同時間張開蛇嘴，滴著毒液的蛇牙，反射駭人光芒。

「這種冰雹，不過是替我洗洗澡而已啊！」眼鏡王蛇咆哮，「換我攻擊了，看妳怎麼突破我的最強組合。」

「快了。」吸血鬼女露出自信微笑，仰頭看著眼鏡王蛇，「因為魔法已經啟動了。」

「魔法？妳是看到我太強，所以嚇傻了嗎？」眼鏡王蛇的身軀已經來到了吸血鬼女的面前，然後蛇嘴張大到極致，他甚至打算一口把吸血鬼女吞下。

但，下一秒，眼鏡王蛇愕然了。

因為吸血鬼女竟然消失了。

不，不是消失了，而是來到了他的背後。

「好快？」眼鏡王蛇內心閃過一絲困惑，剛剛吸血鬼女的速度雖然快，但不至於如此誇張啊！為什麼速度突然提升了？

只見吸血鬼女快得驚人，一下子就跳到了眼鏡王蛇的背部，並順著蛇脊往上奔跑，轉眼間就到了眼鏡王蛇的頭部。

「小蛇，你的眼睛，我接收了。」吸血鬼女張大了嘴，吸血鬼之牙，吞吐著暴力靈光。

「攻擊眼睛這種老招數，就別再用來丟人現眼啦！」眼鏡王蛇怒吼，「看我的，凝。」

這招讓敵人不自覺暫緩的招數，再度透過眼鏡王蛇的眼睛，射了出來。

吸血鬼女的身軀震動了一下，速度果然變慢了。

但奇怪的事情還在後頭，原本眼鏡王蛇可以趁著吸血鬼女暫停的瞬間，盡情以「牙」進行反擊，但結果卻並非如此。

好快，吸血鬼女像是吃了大力丸，速度變得好快，一下子就解開了凝的束縛。

「不會吧！」眼鏡王蛇還沒來得及哀號。

吸血鬼之牙，就這樣精準的、強悍的，帶著令人費解的逆轉之運，咬中了眼鏡王蛇的眼睛。

眼鏡王蛇的眼，這僅存的一隻眼，其眼球承受不住吸血鬼之牙中強大的靈力，開始脹大，脹到要從眼眶中突起。

然後，眼球就像是泡泡一樣，啵的一聲爆開。

爆開的瞬間，吸血鬼之牙的劇烈靈力，更順著眼中的神經，洶湧的流向眼鏡王蛇的腦部，吸血鬼女的目標，一開始就不只是眼睛而已，而是腦。

將眼鏡王蛇直接葬送掉的，腦。

只是，對眼鏡王蛇而言，這一秒鐘，他仍然困惑著，為什麼相同的局面，卻有完全不同的結果？

第一次，吸血鬼女受制於自己的凝，差點被絞死。

第二次，為什麼吸血鬼女的速度會提升這麼多？對眼鏡王蛇而言，這樣的速度，他印象中只出現一次，就是當埃及女神伊希斯，打開死者之書，喚出「戰車」的時候。

不對，這是神的神速，吸血鬼女不該擁有這樣的速度！

這一切，不對！一切都不對！而且，這一切的不對都從那奇怪女孩喚出冰雹雨開始！到底發生了什麼事？

難道，吸血鬼女施展了什麼魔法嗎？

遠方，有許多的高手，正透過各種方式觀察著戰局。

當然，包括著坐在高樓上，身為女神團司令塔的「阿努比斯」。

「唉。」阿努比斯搖頭，無奈的嘆氣。「這根本不是魔法啊，眼鏡王蛇，你的實力明明足以和北埃及的瑪特相抗衡，但最後卻是被瑪特壓制，你知道為什麼？」

「為什麼？」一旁的村正和阿猊很識相的提問。

「因為，你是笨蛋。」阿努比斯閉著眼，嘆氣。「你忘記自己是一條蛇了嗎？忘記自己是爬蟲類了嗎？笨蛋。」

另一個觀察戰局的人，是比爾。

他抬起頭，看向貓女，「身為埃及神系的一員，妳認識眼鏡王蛇吧？」

「認識。」貓女嘆了一口氣，苦笑。

「他是不是不太聰明啊？」

「可以這樣說，所以北埃及最後統一了南埃及。」貓女淡淡一笑。

「是啊。」比爾雙手抱胸，也嘆起氣，「枉費有這麼強的靈力、這麼完美的攻擊組合，竟然忘記自己是條蛇，血液可是會受溫度影響的。」

「嗯。」

「對了貓女，妳剛說北埃及統一了南埃及?所以瑪特比他更強囉？」

「論靈力，瑪特原本就不在眼鏡王蛇之下，」貓女凝視遠方，「但論可怕程度，瑪特，恐怕是眼鏡王蛇的一百倍。」

「這麼可怕？」

「當然，」貓女閉上眼，吸了一口氣，「正義之神瑪特，如果她真的發怒，可是連賽特都敢打的真正怪物啊。」

「喔？」比爾眼睛瞇起。

「如果她發怒，就真的這麼厲害啊。」貓女輕輕的說，「就是這麼厲害啊。」

場景，回到了眼鏡王蛇與吸血鬼女的戰局中。

這裡還有一個人，用雙眼記錄了吸血鬼女魔法的過程，甚至，她就是魔術師的助手，更是魔法最重要的一部分。

她是小桃。

她看著吸血鬼女的牙，咬中眼鏡王蛇的眼睛，然後猛烈的靈力像是失控的洪水，一口氣灌入到眼鏡王蛇的腦中。

小桃打從心底讚嘆，吸血鬼女，果然是戰術高手。

「眼鏡王蛇，你根本沒搞懂一件事，」小桃看著眼前的激戰，嘴角浮現微笑，「吸血鬼女魔法的真相，並不是吸血鬼女變快了。」

小桃笑得好開心。

「在我的冰雹攻擊下，你的血液流速會受到影響，因此減慢了速度。」小桃自言自語，

「呵，你還以為我的冰雹是為了讓你受傷？吸血鬼女早就算好了。所以在你眼中，吸血鬼女

的速度變快了兩倍，事實上，是你自己的速度變慢了啊。

「先讓你習慣吸血鬼女的某一個招數，然後透過冰雹讓你的速度減慢，接著再打一次同樣的招數。

「你就這樣乖乖上當了。」小桃比出了一個「耶」的手勢，「所以，再見了，眼鏡王蛇。」

再見了，眼鏡王蛇。

這一秒，吸血鬼女的牙拔了出來，眼鏡王蛇的腦也爆開了，戰役，就這樣劃上了句點。

「贏了。」吸血鬼女展開雙翅，輕巧的落地，然後帶著勝利者的傲氣，朝著小桃走來。

「靈力入腦，這條蛇死定了。」

「太好了。」小桃鼓掌，這一刻，她一掃之前讓獵鬼小組加入天使團的疑慮，因為她對吸血鬼女的戰略和實力，佩服得五體投地。

但，就在小桃準備豎起大拇指，給吸血鬼女一個「讚」之時，吸血鬼女的腳步卻陡然一停。

然後，吸血鬼女開口了。

「我想起來了。」

「想起來什麼？」

「狼人T這創造奇蹟的笨蛋，敗過最慘的一次，到底是哪一次了。」

「哪一次？」

「地獄列車。」吸血鬼女吸了一口氣，「貓女的車廂。」

「啊？」小桃睜大眼睛，她怎麼可能知道當年最轟動的地獄列車事件，「貓女的車廂……」

「所以，」吸血鬼女急忙轉身，同時展開雙翅，雙爪急揮，然後張嘴亮出她的吸血鬼之牙。「狼人T會輸，肯定是敵人有死而復生的能力啊！」

可是，吸血鬼女這個轉身，轉得太慢。

因為她的胸膛，噗的一聲，被一條從眼鏡王蛇屍體中，猛力射出的尾巴給穿了過去。

蛇尾透胸而過，令吸血鬼女身軀顫抖。

「你們真是一模一樣，一模一樣啊。」眼鏡王蛇露出得意的冷笑，剛脫過皮的他，全身泛白，蛇鱗顯得柔軟而濕潤。「狼人T、吸血鬼女，你們竟然敗在我同一招底下。」

吸血鬼女的身體在蛇尾上顫動著。

「坦白說，這也不能怪你們啦，因為我老是忘了介紹我有第五個絕招……」眼鏡王蛇露出獰笑，「叫做褪！」

褪，脫皮者，正是眼鏡王蛇最得意、也是最後的秘招。

極為消耗靈力，但總能給敵人出奇制勝的致命一擊。

「一天內連打兩次絕招，還怪累的。」眼鏡王蛇把吸血鬼女顫抖的身體高高舉起，像是在炫耀自己的獵物，「但總算解決掉妳這個心腹大患了，吸血鬼女。」

眼鏡王蛇得意的笑著，把目光移向了小桃。

「剩下妳了，小女孩，妳剛剛的冰雹魔術雖然精彩，但少了吸血鬼女的牙，妳該知道自己不是我的對手吧？」眼鏡王蛇冷冷的說，剛脫完皮的柔軟身軀，緩緩滑移。「妳還是乖乖的讓我吃掉吧，別浪費彼此的時間了。」

「乖乖讓你吃，是可以啦。」小桃歪著頭，嘟著嘴，慢慢呼了一口氣，「但是，但是……」

「但是什麼？」

「我想我得先問我的朋友。」

「朋友？」

「是啊。」小桃伸了伸手，比了比眼鏡王蛇的背後，「我那個朋友，脾氣有點壞，你要多擔待一點。」

「什麼朋友？管他好朋友壞朋友，能夠被我吃掉的，都是美味的朋友啊！」眼鏡王蛇哼了一聲，慢慢轉頭。

然後，他呆住了。

徹底的呆住了。

原來，那個壞脾氣的朋友，眼鏡王蛇也認識。

不只認識，他們還曾經在數分鐘前，以自己的生命為賭注，好好的殺了一場。

那人，竟是吸血鬼女。

「妳、妳、妳、妳，」眼鏡王蛇張大蛇嘴，完全不知所措，「為什麼還，活著？」

「因為你剛剛殺的人，是我在道具店買的，最近最熱門的道具——『雜草種子』。」吸血鬼女看向眼鏡王蛇的尾巴，上頭的吸血鬼女已經變回了原形，化成碎掉的葉片，掉落在地上。「我得要讚美一下這道具，可以依照自己的形態變形，得感謝女神與蒼蠅王對決時，使用了它，它紅到差點買不到哩。」

「妳用替身，但、但、但，」眼鏡王蛇激動到舌頭打結，剛脫完皮的柔軟身體，正悄悄的往後退，他有一種想溜的衝動，「妳怎麼會知道要準備這個道具？除非妳猜到我有死而復活的招數？」

「我是猜到了。」吸血鬼女微笑。

「啊？」

「我得感謝狼人T這奇蹟笨蛋啊。」吸血鬼女歪著頭，笑了笑。微笑中，其鋒利的吸血鬼之牙，正在發光。「因為我想不通他為什麼會輸，所以特別做了準備。」

「妳、妳、妳、妳也太可怕了吧！」眼鏡王蛇繼續後退，「竟然只從這樣細微的線索，就猜到了我最後的秘密絕招，好可怕，太可怕啦……」

「算無遺策，」吸血鬼女搖了搖頭，「我的戰略，還沒算完哩。」

「還沒？」

「我的戰略的最後一部分，」吸血鬼女的獠牙越來越亮，表示她的殺機越來越重，她已經準備要出手了，「可是要等你脫完皮，才會執行的。」

「脫……脫完皮……」眼鏡王蛇不斷往後縮，他眼睛四處亂瞄，想找一個安全的地方躲起來。

「蛇的鱗甲，剛脫完皮的時候，是不是會特別軟，完全沒有硬度可言，對吧？」吸血鬼女微笑，獠牙宛如鑽石般閃亮。「這就是當狼人T逃跑時，你沒有馬上追擊，讓他逃到公園的主因吧？」

「好可怕！」眼鏡王蛇慘嚎，急速扭動蛇軀，然後拚命往後逃竄，「吸血鬼女的戰略太可怕了！太可怕了！妳簡直和正義瑪特一樣可怕！」

「可怕？」吸血鬼女舒展了翅膀，然後輕盈的躍起，躍到了眼鏡王蛇奔跑路線的正上方。

「我以為，我是美麗與智慧兼備的，吸血鬼女欸。」

「吼！」眼鏡王蛇拚命逃，拚命逃。「才怪，是可怕！」

「唉，真不會說話！」下一瞬間，吸血鬼女落下，牙，咬住了眼鏡王蛇的身軀。

這一次，沒有堅硬的鱗，被吸血鬼女輕易的咬入。

然後，扯開。

眼鏡王蛇的身軀斷成兩截。

吸血鬼女揮爪。

眼鏡王蛇斷成四截。

吸血鬼女的翅膀如黑刃般迴旋。

眼鏡王蛇斷成了十幾截。

當吸血鬼女優雅的停手，她面前的眼鏡王蛇已經化成碎片飄飄落下，然後她笑了。

「真是太不會說話了。」吸血鬼女露出自信的笑容，「這樣不只會沒有女人緣，而且，死起來也會比較慘喔。」

眼鏡王蛇死了，這次，真的死了。

這個來自南方埃及神系，靈力渾厚程度甚至凌駕於吸血鬼女的沼澤之神，在殺了二十三號，讓狼人T敗逃之後，終於，敗在吸血鬼女的戰略之下。

「魔術時間結束。」小桃這次是真的滿心佩服的鼓掌，「妳的魔術真是美麗且神奇啊，吸血鬼女。」

「不，這不是我的魔術，這是『我們』的魔術。」吸血鬼女微笑，「合作無間啊，小桃。」

於是，埃及神系中的南方神系，眼鏡蛇神與青蛙神，正式退出地獄遊戲，化為一堆道具。

林口，老街。

追逐黑蕊花的隊伍，吸血鬼女對眼鏡王蛇的死戰才剛剛落幕，緊接而來的，是少年H，他出手救了刺蝟女，更在刺蝟女的請託之下，和一同前來的娜娜，踏上拯救狼人T的路途。

「刺蝟女，妳說眼鏡猴走火入魔？還抓住了狼人T，打算挖出他的心臟？」少年H走在刺蝟女的身後，傾聽著這個女孩嘮嘮叨叨的說著眼鏡猴的事情。

「是啊，而且說來奇怪，當心臟發動靈力衝擊的時候，一個神秘女子突然和我說話……」

「神秘女子？」

「是啊，那女子和我說，只要找你，一切就不會有問題了。」刺蝟女走在前面，語氣仍難掩擔心。

「嗯？神秘女子。」少年H沉吟著，「難道……那就是狼人兄弟說過的，西兒？」

「我不知道，但她看起來很憂傷，也很擔心狼人T。」刺蝟女這樣說。

而就在這時候，少年H旁邊的娜娜卻開口了。

娜娜對眼鏡猴認識的時間更久，畢竟當年的台灣獵鬼小組只有五人，組長樹靈阿魯、槌子阿胖、蜘蛛精娜娜、電子儀器眼鏡猴，以及三太子小三。

五人曾經多次並肩作戰，替台灣剷除了不少妖魔鬼怪。

但因為地獄遊戲降臨台灣，使得許多神魔級的怪物來到此地，台灣獵鬼小組為了對付這些可怕的災難，便隨著少年H進入了遊戲，更開始了這段漫長的地獄遊戲之旅。

只是五人後來的命運各不相同，先是樹靈阿魯先被織田信長手下村正所砍斷，幸好留下一顆充滿希望的種子。

然後是小三，為了拖延吸血鬼中的皇后，血腥瑪麗，喪命在台北的街道中。

五人之中只剩下三個。

潛伏在北方金鷹團的阿胖、斐尼斯團的眼鏡猴，以及天使團的娜娜。

只是萬萬沒想到，眼鏡猴會走火入魔，甚至意圖殺害正義這方的狼人T。

在這段時間裡面，眼鏡猴到底遇到了什麼？又遭遇了什麼事？讓他有這樣巨大的轉變？

「我記得在台灣獵鬼小組的時候，眼鏡猴外表看起來樂觀、不拘小節，房間門內老貼著貓女和吸血鬼女的照片，是一個標準的電子宅男，但我總覺得，他內心其實有著很纖細的一面。」娜娜說。

「嗯，我記得曾聽阿魯說過，每個成為獵鬼小組的戰士，都是因為一個未完成的願望，每個願望代表的就是一個故事。」少年H快步的跟在刺蝟女的後面，前方已經是林口老街，也就是眼鏡猴防禦超級電腦偵察的秘密基地。「眼鏡猴的故事是什麼？」

「坦白說，我不知道。」娜娜露出歉疚的表情。「雖然與他合作了好幾年，但他從不聊這個。」

「嗯，沒關係，我能理解。」少年H微微一笑，「就像是我的故事，若不是透過象神的濃霧，也不會展現在別人的面前。」

「不過我知道有個人知道。」娜娜說，「阿胖。」

「阿胖？」

「阿胖他看起來很粗線條，但由於個性寬厚，反而是所有人傾吐的對象，他應該會知道眼鏡猴成為戰士的理由？」娜娜說，「包括我的事情，都和他提過哩。」

「那阿胖現在在哪？」少年H問。「娜娜，妳聯絡得到他嗎？」

「我剛剛已經打過電話，但他沒接，所以我傳了簡訊。」娜娜嘆氣，「其實我也擔心阿胖，阿胖所在的金鷹團，之前傳出被殭屍完全殲滅，而現在更遇到女神團大亂，我怕他已經凶多……」

「娜娜，這個妳就不用擔心了。」少年H微微一笑。

「為何？」

「阿胖的實力我清楚，」少年H注視著前方越來越近的林口老街，「他看似粗魯，但事實上卻是門神尉遲恭的轉世，他的實力夠強，絕對會在這幾次混亂中活下來的。」

「嗯，我知道。」娜娜受到少年H的自信感染，回報一笑，「只是聽到眼鏡猴走火入魔，難免會聯想太多。」

「嗯。」

「還有，少年H為什麼你會想找阿胖？」娜娜心思細密，「我相信以你的實力，就算眼鏡猴入了魔，你一定也可以擊敗他。」

「我也許可以擊敗他。」少年H站在這棟舊房子前，氣勢如泰山般凝重，直逼屋內。「但我憂心的是，我是否真的能找回過去的眼鏡猴……」

「如果找不回呢？」

「……所以，我才希望找到阿胖。」少年H沒有說話，只是輕輕的嘆了一口氣，然後推開門，走了進去。

這一秒鐘，娜娜明白少年H沒有說出口的那句話，究竟是什麼了……

因為少年H擔心，如果到最後眼鏡猴始終沒有覺醒，恐怕只有殺了他一途，這樣真的是少年H最怕的一件事。

如果阿胖在這，也許就能在不殺眼鏡猴的情況下，將原本善良的眼鏡猴找回來。

只是，現在狼人T的心臟已經被挖起，生死一線，也沒機會管這麼多了，只能前進了。門推開。

少年H立刻笑了。

「看樣子，你們等我很久啦。」少年H笑著把話說完。

隨即，少年H整個人往後騰飛。

騰飛之際，更可見一隻粗壯的機械手臂，正朝著少年H狂轟。

「眼鏡猴！」娜娜大喊。

「我絕對，不會把靈力心臟讓給你們的！」眼鏡猴嘶吼著，機械手臂瘋狂揮舞，瞬間，竟然強如少年H也只能完全防禦。

「冷靜。」少年H右手負在背後，只用一隻左手畫圓，或大圓、或小圓，深陷在眼鏡猴猛烈的攻勢中。

「少年H，我最討厭你了！我知道你一定會來！所以我要在這裡打敗你！」眼鏡猴嘶吼，「讓你看看我用盡畢生心血打造的機械手臂，有多麼可怕吧。」

「嗯，那狼人T呢？」少年H深陷在瘋狂的機械拳影之中，語氣仍維持冷靜。

「只要你打敗我，我就告訴你。」眼鏡猴吼著。

「是嗎？」少年H淡然一笑，「那就試試看吧。」

同時間，娜娜五指張開，各色靈絲在她手心盤繞揮舞，「少年H，我來幫你。」

只是，娜娜還沒往前，眼前就出現了兩座宛如鐵塔般兇惡的人物。

熊貓，與鬣狗。

「我們也被眼鏡猴改造成人間兇器囉。」鬣狗發出宛如啼哭的笑聲。「妳以為妳過得了我們這一關嗎？」

「是啊，」熊貓的聲音相對低沉，「妳這麼細皮嫩肉的美人，被我壓成肉醬，一定也很可口吧。」

「是這樣嗎？」娜娜露出充滿殺氣的笑容。「那我就讓你們知道，蜘蛛中的黑寡婦，到底有多麼可怕吧。」

而就在林口老街，少年H與眼鏡猴兩方人馬對立之際，有一個人，也悄悄的來到了附近。

他身材微胖，穿著貓頭鷹的衣服，正在空中飛翔著，在他身旁，是一個穿著黃色衣服，宛如麻雀的女子。

「貓頭鷹，你確定要去？」那麻雀女子低聲說。

「嗯。」

「金鷹團覆滅，女神團肆虐，現在整個地獄遊戲已經進入瘋狂的狀態，」麻雀女子聲音低低的，充滿著濃濃的擔憂。「我們兩個躲著……只有我們兩個躲著，有什麼不好？為什麼因為一通簡訊，就要冒著生命危險到林口來，這裡現在是最可怕的戰場啊！」

「我知道，但我非去不可。」貓頭鷹摸了摸麻雀的頭，語氣溫柔且堅定。

「為什麼？」

「因為傳簡訊來的，是我最重要的夥伴，」貓頭鷹低聲說，「也因為，我曾經是台灣獵鬼小組的一員。」

「貓頭鷹……」麻雀淚眼汪汪的看著眼前這個粗壯的男人，一股極度不安的預感籠罩在她的心頭。

她有種感覺，貓頭鷹去了這一趟，恐怕，是不會再回來了。

「因為，我是阿胖。」貓頭鷹溫柔的笑著，「因為我是台灣獵鬼小組的一員。」

因為，我是台灣獵鬼小組的一員。

所以，我非去不可。

此刻，距離午夜十二點，還有兩個小時。

台北火車站的大廳裡，女神坐在椅子上，悠然閱讀著，她在等人。

等牌桌上那張被掀開、卻始終無法趕離牌桌的，少年H。

而霧都林口裡，阿努比斯、少年H與比爾等多方勢力仍在激戰，他們在搶奪著黑蕊花，一個實際功能至今尚未明朗的奇妙道具。

不只如此，這場搶奪戰中，還引出了眼鏡猴入魔的秘密，更逼得少年H親自出手。

到底少年H能否找回過去的眼鏡猴？能否救回夥伴狼人T？黑蕊花的秘密又是什麼？阿努比斯與少年H的對決，結局又會如何？

請看下集，地獄十一。

尾聲

這裡又是到故事最末才會出現的餐廳。

只不過，這次坐在餐廳前的人不是一把刀、一團火，更不是吵鬧的獵鬼小組，而是一個很安靜的老人。

而且這老人的樣子可不只安靜，甚至可以用莊嚴肅穆來形容。

連送菜時，老是嘻皮笑臉的萊恩，這次都不敢隨便造次，表情慎重的端上了一盤青菜，恭敬的說：「您好，這是特地為您準備的素菜。」

那人沒有說話，只是垂著眼睛，宛如老僧入定。

「另外……」萊恩吞了吞口水，「關於上次預告您要出場，但又沒辦法讓您出場這件事，我們深感歉疚，我已經通知所謂的『故事警備隊』，針對Div觸犯故事法第一百六十四條，『預告說謊』這項重罪，將進行嚴懲。」

那人還是沒有說話，全身散發莊嚴寧靜之氣。

寧靜之間，竟隱隱透出金色光芒。

「金色可視靈波？」萊恩讚嘆，「好懷念的靈波，這就是當時滅殺上百隻吸血鬼的超強靈波嗎？」

金色靈波還在加強，但卻沒有任何傷害性，那人只是淡淡的伸出手指，在桌上寫了一行字。

「這是？」萊恩湊上前去，喃喃自語，「新的下集預告嗎？」

「時間，黑蕊花，夥伴，死亡，失去記憶。」

「這是什麼？」萊恩皺眉，東瞧西瞧，滿臉不解。「太深奧了吧。」

那人寫完，收回了手指，再度回到靜默姿態，金色靈波緩緩的消失。

「不過這樣真的好嗎？這樣真的好嗎？」萊恩摩擦著下巴，「預告說這麼多，真的寫得到嗎？連續犯下『預告說謊』，可是罪責加倍喔，Div。」

記住，連續犯下「預告說謊」，可是罪責加倍喔，Div。

The End

奇幻次元 27

地獄系列 第十部 地獄法則

國家圖書館出版品預行編目資料

地獄系列 第十部 ，地獄法則 ／ Div 著.
一 初版. 一 臺北市：春天出版國際，2012.02
面； 公分. 一（奇幻次元；27）
ISBN 978-986-6000-13-3（平裝）

857.7

ISBN 978-986-6000-13-3
Printed in Taiwan

作者	Div
封面繪圖	Blaze
美術設計	三石設計
總編輯	莊宜勳
編輯	施怡年
發行人	蘇彥誠
出版者	春天出版國際文化有限公司
地址	台北市忠孝東路四段303號4樓之一
電話	02-2721-9302
傳真	02-2721-9674
E-mail	frank.spring@msa.hinet.net
網址	http://www.bookspring.com.tw
部落格	http://blog.pixnet.net/bookspring
郵政帳號	19705538
戶名	春天出版國際文化有限公司
法律顧問	蕭顯忠律師事務所
出版日期	二〇一二年二月初版一刷
定價	220元
總經銷	楨德圖書事業有限公司
地址	台北縣新店市復興路45號3樓
電話	02-2219-2839
傳真	02-8667-2510

S P R I N G

每一本好書都是一顆種子，
春天播種在你的心田夢土上。

Spring

S P R I N G

每一本好書都是一顆種子，
春天播種在你的心田夢土上。